走，到阿坝羌都去耍

税清静　郭文花　著

四川大学出版社

项目策划：蒋姗姗　王小碧
责任编辑：蒋姗姗
特约编辑：谢　鋆
责任校对：王小碧
封面设计：成都惟文文化传播有限公司
责任印制：王　炜

图书在版编目（CIP）数据

走，到阿坝羌都去耍 / 税清静，郭文花著． — 成都：
四川大学出版社，2020.11（2023.9 重印）
　　ISBN 978-7-5690-3907-8

　　Ⅰ．①走… Ⅱ．①税… ②郭… Ⅲ．①纪实文学—中
国—当代 Ⅳ．① I25

中国版本图书馆 CIP 数据核字（2020）第 201184 号

书　名	走，到阿坝羌都去耍	
	ZOU，DAO ABA QIANGDU QU SHUA	
著　　者	税清静　郭文花	
出　　版	四川大学出版社	
地　　址	成都市一环路南一段 24 号（610065）	
发　　行	四川大学出版社	
书　　号	ISBN 978-7-5690-3907-8	
印前制作	成都惟文文化传播有限公司	
印　　刷	永清县晔盛亚胶印有限公司	
成品尺寸	130mm×185mm	
印　　张	4.25	
插　　页	8	
字　　数	93 千字	
版　　次	2020 年 11 月第 1 版	
印　　次	2023 年 9 月第 2 次印刷	
定　　价	48.00 元	

四川大学出版社
微信公众号

出品单位

茂县文学艺术界联合会

茂县民族宗教局

▲ 中国古羌城全貌　　图片由茂县文联提供

▲ 中国古羌城全貌　　图片由茂县文联提供

▲ 唱起歌来跳起舞 歌颂美好新生活 图片由茂县文联提供

▲ 推杆 图片由茂县文联提供

▲ 长海冬雪　摄影/周利庚

长　海
CHANG HAI

▲ 雪中的爱情海　　摄影/周利庚

▲ 枫叶红了　　图片由茂县文联提供

▲ 九鼎山冬韵　　图片由茂县文联提供

▲ 春到九鼎山　　图片由茂县文联提供

▲ 排排坐　唱山歌　　图片由茂县文联提供

▲ 释比的文化表演　　图片由茂县文联提供

好耍的羌都——茂县

谷运龙

这是一个外族人眼中的羌族。

这亦是一个外地人眼中的羌地。

清静先生将其昵称为羌都，让我这个地道的茂县人的脸上都呈现出几分光彩。

《走，到阿坝羌都去耍》乍一看，是一本邀约朋友去羌都耍的书，仔细看，才会从中感受到作者语气的干脆与肯定，以及对目的地满满的自信和久有的向往。

其实，四川话的"耍"字的内涵是极为丰富的，尽管在表达上显得轻飘，但实际上却承载了好多东西。仿佛与主业无关的都可以归于"耍"中，冲壳子（吹牛、摆龙门阵）是在嘴上"耍"，打麻将、斗地主是在手上"耍"，转路（散步）、遛狗是在脚上"要"，就连谈恋爱说婆娘（找对象）这么慎重的事亦可被戏称为"要朋友"。自然，眼下十分火爆的旅游，也尽在其中了。一个"要"字，便呈出千姿百态。

清静先生这里的"要"，更多的是对旅游的指认。

他当然不是那种或乘着大巴，匆匆"到此一游"的观光客，亦不是驾着爱车，与家人一起沐风望景的自驾客。他是背着双肩包，包里装了当地历史、文化、风情和指南的游客。观赏风景、领略风光仅是轻浅的表面，在观赏风景的过程中，他把风景之中、之后的那些自然的本底和投射在这个本底上的文化色彩以及融于其中并让其鲜活不朽的灵魂作为对象进行深层次的探究，使三天的羌都之"要"别有味道、也别有情趣。

要惨了。

这里的"惨"并非痛苦的意思，反倒有要得太久、太远、太过瘾的味道。

他要得太久了。不足4000平方公里、10万人的小县，居然要了三天。对观光客而言，三天可以把大半个阿坝要完，哪里是小小的一个茂县可以羁绊的，如果遇上疯狂的自驾客，不要说一个茂县，十个、二十个茂县也不在话下。

不仅如此，他还在时空的交互、重叠中去实现这种

"久"。于是，我们便从他那些娓娓道来的古老故事中听见了马背上那个民族的豪迈驰骋，看见了石室中的蚕丛和嫘祖以及那么浩繁盛茂的林木桑田。那些亘古依然的岷山、岷水，纵横和穿越在这样"久"的历史篇章中，使人兴致盎然。

他耍得太远了。这种"远"，不是足力所及的"远"，也不是目力所及的"远"，而是情之所牵和魂之所系的"远"。

他耍到天上去了，和我们一起去恭迎尔玛人的爱情天使木姐珠，去敬请我们的艺术王母莎朗姐。他带我们和大禹一起去治水、分九州而铸九鼎。他让我们从这样的根脉中去领略羌地的高天厚土，去探视羌族的源远和流长。

当然，他也耍到九鼎山上去了、松坪沟中去了。在俯瞰中指点江山，纵横情怀；在仰望中闲云野鹤，羽化成仙。

他也耍得太过瘾了。在羌都，清静先生的所有烦嚣和宠辱都被茂县有名的风刮去了，他完全处在一种忘我的本真之中。他可以在九鼎山上如烈马长嘶，也可以在白腊海中如游鱼悠然。他可以在羌寨中开怀畅饮，也可以在羌城中对月吟诗。更过瘾的是有一帮诗人文友不离左右，美味佳肴席数尽备，在酾酒中慨然赋诗，在赋诗中尽情诵读。

不到尽情时，宴席依旧烛光摇曳；不到尽性时，觥筹依然佳酿满盈。过不了瘾，就不配羌都的美称，过把瘾就死，也不配古羌的久远。

耍安逸了。

这样的组合，似乎才更具去羌都耍的韵味。

在清静先生的文章中，通篇都在说他耍安逸了。这些安逸不仅体现在吃得安逸。怎么不安逸呢？不仅吃的东西特色突出，无论是酸菜搅团、洋芋糍粑，还是羌寨老腊肉、玉米蒸蒸都是羌族人祖祖辈辈一吃到底、吃不厌吃不腻的传统食品。而且其材质生态，做工考究，还能刺激味蕾。再喝几碗青稞咂酒、吃几串河边烧烤、听几首羌家的敬酒歌，要啥有啥，不安逸都不行。

睡，就更安逸了。

羌都的海拔为1580米，是极佳的人居之地。这里不仅四季阳光明丽，惠风和畅，而且冬之不严寒，夏之不酷暑，寒不至冷心，暑不至晕头。困了，往床上一躺，无濡湿之厌，无闷热之烦，舒舒爽爽的，那份惬意，完全可以把人包裹起来，让人疲去惫消、骨酥筋软。醉了，也只需往床上一躺，清新的空气满屋皆然，入心入肺，为人洒练内心，漱澹五脏，消减燥烈，让人能酣然入梦，无鸣鸟呼唤无以醒。

行得安逸，就再自然不过了。无须说九鼎山的野芳弥散、秋色渐浓，也无须说正一日日变得温酥的暖阳，只九鼎山头那莹洁的雪、松坪沟那玄幻的水，就让他目之生艳，心之生叹了。

但，我想，如他这样的深度游人，又兼具了那么深厚的文化情怀，最安逸的当然应该是与文化的结伴而行，所以他和大禹顺江而下，他和蚕丛石室话蚕，更多的却是和这个民族以心交心。

因此，我以为，清静先生的《走，到阿坝羌都去耍》不仅是一本茂县的旅游指南，更是一本羌都的文化指南。

正像他告诉我们的那样，茂县的风景名胜，值得你去耍；羌都的历史文化，值得你去耍；茂县的特色餐饮，值得你去耍；羌都的风情民俗，也值得你去耍。

如今的耍，已并非"而""女"之耍了，如今的耍处，也已不仅仅是民谣中的"成都又好耍"了，更多的好耍的地方，反倒是以前被称为羌地、藏地的那些地方了，所以，我们可以将以前的那首民谣改一改了。

胖娃儿胖嘟嘟，
驱车去羌都。
羌都又好耍，
一定开宝马。
听释比说"天书"，

看莎朗献神舞。

……

走，到阿坝羌都去耍，安逸得很哟！

2019 年 7 月 26 日

让少数民族文化走向世界

——《在茂县过羌历年》创作谈

鲁迅先生曾经说过："只有民族的，才是世界的。"

中国是一个多民族国家，千百年来我们大部分时间是关起门来自娱自乐，而随着40年前改革开放政策的实施，外来文化不可否认引起了大部分人的注意，以至于我们很多人反而忽视甚至看不起我们自己的文化，失去了文化自信。这是很可悲也是很可怕的一件事。

好在很多有志之士已经清醒地认识到了这一点，所以习近平总书记在党的十九大报告才强调指出："文化兴则国运兴，文化强则民族强。没有高度的文化自信，没有文化的繁荣兴盛，就没有中华民族的伟大复兴。"坚定文化自信，是事关国运兴衰、事关文化安全、事关民族精神独

立性的大问题，从而将文化自信提高到了一个前所未有的
新高度。

我是一个普通基层作家，有幸生活在这个最好的时
代。在这个最接近中华民族伟大复兴的时代，如果连文化
自信都不能做到，我不知道我们到底复兴的是什么。所
以，作为一名作家，我觉得更应该带头探寻中华文明、宣
传中国文化。中华文明的大部分精髓其实就是我们中华民
族的传统文化。前面说了，中国是一个多民族国家，中华
民族的传统文化就是中国各民族文化的总和，而每个民族
的文化都是中华文明不能缺少不可替代的。世界本身就是
由不同民族的多元文化组成的，世界的本质就是多样化，
而每个民族的文化都是独一无二的，只有先尊重自己的文
化，保持自己文化的独特性，才能获得文化在世界上生存
的权利，世界也才称其为世界。

我出生在四川，我也不是少数民族，按理与少数民
族交集不多。但是，可能有人并不知道，全国总共56个
民族，我们四川就有55个少数民族，有彝族、藏族、羌
族、苗族、回族、蒙古族、土家族、傈僳族、满族、纳西
族、布依族、白族、壮族、傣族等，少数民族人口达490
余万。我的伯父就在凉山州越西县工作，很小的时候我就
知道彝族了。后来，我参军在大西北服役，又先后接触了
回族、维吾尔族、哈萨克族、蒙古族、锡伯族、满族等少

数民族，了解到他们很多与汉族不同的风俗习惯和传统文化，还与不少民族朋友成了好朋友好兄弟。

2014年，我曾在某彝族聚居区下派锻炼，其间我也为他们想办法找了些项目经费。但是，后来我认识到一切有形的物质的东西最后都会消亡，唯有精神的文化的东西才能长存。我给他们拉再多的项目要再多的钱，都有用完的时候，不如我帮他们培养一批文学骨干，留下一批精神财富，可能效果更好。

那么写什么呢？在彝族聚居区，那当然得写彝族聚居区的人和事。于是我果断地放弃了当时已经写了四万字的另一个选题，回过头将目光聚焦到了彝族这个古老神秘的少数民族身上，一个个鲜活的人物、一串串动人的故事便呈现在我的电脑屏幕上。我坚信，立足于现代大时代大背景，宣传彝族的风俗习惯和传统文化，就是宣传中华文明。于是便有了长篇小说《大瓦山》。

2018年11月，我受邀参加了阿坝州文联和《草地》杂志社在茂县举办的"羌城之约"采风活动，进一步认识了羌山、羌城与羌族人。说来惭愧，我是在20世纪90年代末期，在部队里搞培训时，在花名册上看到一个战士的民族一栏写着"羌族"两字时，才知道有羌族这么个少数民族。这里有我自身的原因，不过更主要的原因应该归咎于我们对羌族文化的宣传太少了。后来我转业回到四川，又陆陆续续认识了一些羌族朋友。而真正让羌族名声大振的应该是2008年5月12日那场特大地震，这才让羌族这个古老的民族受到了全世界的注意。当然，如果要靠"5·12"特大地震这样的形式来提高一个民族影响力的话，那就太可悲了，这种影响力咱们宁愿不要。

记得2017年底我与陈新先生参加波兰文化节活动时，那天正好是我们彝族年期间，我便问在场参加活动的中国小朋友知不知道我们有个彝族。令我想不到的是一百多个小朋友，居然没有一个人知道。我也不知道那些陪同孩子来参加活动的家长们知不知道。如果连自己身边的少数民族都不知道，还有必要急着去学习相隔一万多公里外别人的历史文化吗？所以，我只好当场占用波兰人的时间，给在场的大人小孩普及了一下彝族及彝历年的传说故事。

由此可见，要增强中华民族的文化自信，我们对少数民族文化的学习了解与宣传，已经刻不容缓，所以去年在茂县的那次"羌城之约"采风，我就很认真地学习了解了羌族文化。但采风归采风，随随便便交一篇一两千字的游记散文应付主办方的话，那不是我做人的风格，但是要站在宣传羌族历史文化的高度来写这篇文章还是得动一番脑筋。恰恰我这个人就是喜欢动脑筋，而且不怕挑战自我，之前我已经尝试过多种体裁的创作，也积累了一些经验和教训，我曾说过：大不了推倒重来。

中华民族有着五千多年的文明发展史，各民族共同创造了悠久的中国历史和灿烂的中华文化。多民族多文化是中国的一大显著特色，也是国家发展的重要动力。羌族文化始终扎根于中华文明的沃土，是中华文化不可分割的一部分，如何来宣传伟大的羌族文化呢？一二十万字的长篇叙事，一时半会准备也不够，且时间和精力上也不行。如果就事论事，简单地记述一下采风的所见所闻，是没法反映羌族文化几千年积淀的博大精深的。于是，我想到了纪实文学。纪实文学是一种迅速反映客观真实的现实生活的新兴文学样式，亦称"报告小说"，是报告文学化的小说，也是小说化的报告文学。关于纪实文学的定义，还有多种观点，如李辉的表述是："纪实文学，是指借助个人体验方式（亲历、采访等）或使用历史文献（日记、书信、档案、新闻报道等），以非虚构方式反映现实生活或历史中的真实人物与真实事件的文学作品。"著名报告文学作家李春雷曾说："讲好中国故事，是中国报告文学当下的任务。"我觉得我所做的事，就是要讲好我们羌族人民的故事，讲好茂县"羌都"的故事。

思前想后，我最终采用了纪实文学这种体裁，以真实的"我"，亲历在茂县过羌历年为由头切入，从羌族的形成、迁徙到现在羌族人民的脱贫致富、生产生活，从羌族人的饮食起居、穿衣戴帽、风俗习惯到宗教文化，从茂县的历史沿革到"羌都"的现代化建设发展，乃至于"5·12""6·24"地震援建和当下人民精神面貌等方面，进行了一场如话家常般的轻松阐释，最后完成了大家所看到的发表在2019年《中国作家》杂志第8期纪实版《走笔》栏目的《在茂县过羌历年》。

但是，古老伟大的羌族文化犹如浩瀚星海，由于本人才疏学浅，竭尽所能也只能取其一瓢与广大读者们分享。这些文字可以作为大家茶余饭后的阅读资料，若是能为宣传羌族文化起到一些作用，我的目的也就达到了。当然，因为本人毕竟不是专门研究羌族文化的专家学者，文中涉及相关民族专业方面内容，如有不妥之处，还望各位方家谅解。

目　录

▲ 古羌城开城了　　摄影/杨成龙

引 子

在几千万年前开始的喜马拉雅造山运动的过程中，印度洋板块向北运动，挤压欧亚板块，造成了青藏高原的隆升。青藏高原在隆升的同时，也不停向东运动，挤压四川盆地。而四川盆地则是一个相对稳定的地块，于是在四川盆地的西北面，形成了著名的龙门山山脉。虽然龙门山主体看上去构造活动性不强，但由于应力在蓄积的过程中，突破了一定程度，地壳可能就会破裂，从而发生地震。因此形成了著名的龙门山断裂带，在这条断裂带上曾发生过无数次大大小小的地震。

2008年5月12日14时28分04秒，在四川盆地西北部，在从成都的都江堰市，阿坝的汶川、茂县，德阳的什邡、绵竹到广元的北川、青川一线的龙门山断裂带上，发生了中华人民共和国成立以来破坏力最大的地震——"5·12"汶川特大地震。这次地震的烈度达到11度。地震波及大半个中国及亚洲多个国家和地区。"5·12"汶川特大地震严重破坏地区超过10万平方千米，截至2008

▲ 欢乐的舞蹈跳起来　　　摄影/杨成龙

年9月18时12分时，共造成69227人死亡，374643人受伤，17923人失踪，也是唐山大地震后伤亡最严重的一次地震。因此经国务院批准，自2009年起，每年5月12日为全国"防灾减灾日"。

2008年的这次大地震，将一个默默无闻、多灾多难，沉寂了两千年的古老少数民族——羌族，突然推送到了全国乃至全世界面前，并引起了全人类的关注。她是一个什么样的民族呢？她为什么被称为"云朵上的民族"呢？她有着怎样的历史文化呢？一系列的问号在我脑海中萦绕了整整十年，直到2018年的一次"羌都"之行，并有幸在茂县度过了一个愉快的羌历年后，我才慢慢找到了一些肤浅的答案。

"羌都"在哪儿

"羌都"，不用多想，顾名思义，羌族人聚居最多的地方，羌族人的"都城"，当然是打引号的都。羌族又是什么样的民族呢？我们干脆先从"羌笛"说起吧。

很多年前，尚不知羌族和羌族人，却已知羌笛。早在东汉，马融的《长笛赋》记载："近世双笛从羌起，羌人伐竹未及已。龙鸣水中不见己，截竹吹之声相似……故本四孔加以一。"由此可以知道：羌笛在汉代就已经流传于甘肃、四川等地了，并且可以推断当时的羌笛是双管四孔羌笛。唐代著名诗人王之涣曾写下名篇《出塞》："黄河远上白云间，一片孤城万仞山。羌笛何须怨杨柳，春风不度玉门关。"我是读着这首诗长大的，读此诗时，曾多次绞尽脑汁想象着羌笛是何等模样，然不得知。此外，岑参的《白雪歌送武判官归京》中也有诗句写道："中军置酒饮归客，胡琴琵琶与羌笛。"显然，这里的"羌笛"，自然是羌族人吹奏的一种笛子。当然，羌笛与现在汉族人吹奏的笛子并不是一回事，这种羌笛与现在的竹笛有很大的

▲ 羌笛制作　　图片由茂县文联提供

区别，是两个完全不同的乐器。

羌笛也被称为羌管，两管数孔，竖着吹奏，两管发出同样的音高，音色清脆高亢，并带有悲凉凄婉之感。如今在四川茂汶羌族自治县及黑水县一带的羌族地区，我们仍旧可以看到这种具有唐宋遗风的乐器，它是由当地高山上生长的油竹制成，以前五孔，现在多为六孔。制作羌笛时，对原材料的要求很高，要选择竹节长、管身较细、生长在海拔3500~4000米地方的油竹。用两支同样长短的竹管，管体被削成方柱形，并排用细线缠绕联结在一起。全长13~19厘米，管口直径2厘米左右，笛管上端装有4厘米长的竹制吹嘴。吹嘴正面用刀削平，并在上端约3厘米处，用刀切开一薄片作为簧片。羌笛音色高亢而略有悲凉感，是人们在喜庆丰收、过年过节、劳动之余常用的主要乐器之一，亦是小伙子向姑娘表达爱情时常用的一种乐器。

据史料记载，西汉前，羌笛面上有四孔，公元1世纪时由音乐家京房加一高音按孔，成为五孔。羌笛发展到近代，已成六孔。由此推断，羌笛至少已有2000多年的历史了。

所以，羌笛在汉唐时，已经是边塞地区常见的一种乐器，因此它才能经常出现在汉唐边塞诗中。由此可以证明，当时的军队中一定有相当数量的羌族人。值得一提的是，羌笛并没有出现在唐代的《十部乐》中，说明羌笛在唐朝时只是边塞中所见的乐器，并未正式进入唐代宫廷或军队，只是羌族百姓或是军队中的羌族兵士所用的一种自娱自乐的乐器，羌笛这种乐器在当时并非主流。

据资料显示，"羌"，原是古代人对居住在祖国西部游牧部落的一个泛称。羌族人自称"尔玛"或"尔咩"，羌族也是中国西部古老民族之一。远古时，羌族人生活在中国的西北部，从事畜牧业生产，被称为西戎牧羊人。随着生产力的发展，古羌族人与生活在同一地区的姬姓氏族联姻，逐渐向中原地区迁移，形成了华夏民族的前身。后因部落之间争夺地盘，古羌族人受生产力发展水平的限制，不断被外族侵略，逐步由西北向南迁移。其间，古羌族人的若干支系，如牦牛羌融入青藏高原的土著民族中，向南迁徙的一支经四川到云南，向东迁徙的一支称青衣羌，定居在湖北、湖南一带。经过先秦、隋唐时期规模较大的迁徙，"氐羌""白马羌"的支系在岷江上游的河谷地带定居下来，完成了从游牧部落的生活方式向农耕文明的演进。

古羌族人不仅是华夏古羌的重要组成部分，而且对中国历史发展和中华民族的形成都有着广泛而深远的影响。古羌族人有自己的民族语言——羌语，分北部方言和

南部方言。今甘肃、青海的黄河、湟水、洮河、大通河和
四川岷江上游一带是古羌族人的活动中心。

殷商时期，羌曾为其"方国"之一，有首领担任朝中
官职。羌族人有的过着居无定所的游牧生活，有的从事农
业生产。《诗经·商颂》记载："昔有成汤，自彼氐羌，
莫敢不来享，莫敢不来王……"反映了古羌与殷商密切的
关系。甲骨文卜辞中有关"羌"的诸多记载，表明羌族人
在当时的历史舞台上已经十分活跃。

周朝时，因为羌之分支"姜"与周的关系密切，大量
的羌族人融入华夏。春秋战国时期，羌族人所建的义渠
国，领域包括今甘肃东部、陕西北部、宁夏及河套以南地
区，是中原诸国合纵连横的重要力量，与秦国进行了长达
170多年的战争。以羌族人为主要成分的诸戎逐渐为秦国
所融合，而居住在甘肃、青海的黄河上游和湟水流域的羌
族人仍处于"少五谷，多禽畜，以射猎为事"的状态。在
《后汉书·西羌传》中，有秦厉公时羌族人无弋爰剑被
俘，逃回家乡后教羌民"田畜"，自此羌族开始有了原始
农业生产，使其人口增加、经济发展的记述。

此后，羌族人进一步发展和分化。《后汉书·西羌
传》载："至爰剑曾孙忍时，秦献公初立，……将其种人
附落而南，出赐支河曲西数千里，与众绝远，不复交通。
其后子孙分别，各自为种，任随所之。或为牦牛种，越嶲
羌是也；或为白马种，广汉羌是也；或为参狼种，武都羌
是也。"说的就是这一时期，西北的羌族人迫于秦国的压

▲ 古羌城开城仪式　图片由茂县文联提供

力，进行了大规模、远距离的迁徙。

汉代羌族人分布很广，部落繁多。为隔绝匈奴与羌族人的联系，汉王朝在河西走廊设有敦煌、酒泉、张掖和武威四郡，建立了地方行政系统，设护羌校尉等重要官职以管理羌族人事务。同时，归附的羌族人大量内迁，从地域上分为东羌和西羌。进入中原的东羌附居于塞内而与汉族杂居、通婚、融合，从事农业生产，私有经济得到一定程度的发展，逐步进入封建社会。未进入中原的西羌大部分散布在西北、西南地区，有新疆塔里木盆地南沿的婼羌、雅鲁藏布江流域的发羌、唐牦、西南地区的牦牛羌、白马羌、青衣羌、参狼羌和冉駹羌等诸多羌族人部落。其中，牦牛羌，初分布在沈黎郡（郡治在今四川汉源县九襄镇），后继续南下至越嶲郡（今四川安宁河流域及雅砻江下游）。白马羌，主要分布在今四川绵阳市西北部和甘肃武都区南部。青衣羌，主要居住在今四川西部的雅安市一带，现雅安市有一条河，名字就叫"青衣江"，估计这江名与羌族人有着必然联系。参狼羌，主要分布在今甘肃武都区，特别是白龙江一带。冉駹羌则分布在岷江上游和四川西北部的广大地区，《后汉书·南蛮西南夷列传》载："冉駹夷者，武帝所开，元鼎六年以为汶山郡。……其山有六夷七羌九氐，各有部落也。"说明羌族人在其中占有较大比例，但各部的发展水平很不平衡，大部分尚处在氏族部落阶段。

魏晋南北朝时期，氐人苻坚建立前秦政权，南安羌族

▲ 叠溪上海子　　摄影/税清静

人姚氏建立后秦政权。后秦政权势力处在北魏之南、东晋之北，统治羌族人及中原各族达33年。之后，还有几个羌族人部落相继兴起，即陇南的宕昌羌，川、甘边境和岷江上游的邓至羌，二者存在了140多年。从东汉到西晋末年，北方的大部分羌族人已基本融入汉族之中了。

隋唐时期，活动在甘肃和青藏高原东南部的羌族人部落有党项、东女、白兰、西山八国、白狗、附国等，其中，西山八国系成都平原以西、岷江上游诸山各部的统称。他们处在中原王朝和吐蕃势力之间，有的同化于藏族，有的内附中原王朝，或同化于汉族，或在夹缝中生存，在唐蕃长期和战不定的局势下，得以单独保存和发展。

宋代以后，南迁的羌族人和西山诸羌，一部分发展为藏缅语族民族，一部分发展为现在的羌族。羌族民间广为流传的叙事诗《羌戈大战》中记述：远古时候，羌族人曾生活在西北大草原，因战争和自然灾害被迫西迁和南迁，南迁的一支羌族人遇到身强力壮的"戈基人"，双方作战，羌族人屡战屡败，正准备弃地远迁，却在梦中得到神的启示，天神木比塔启示羌族人，以在颈上系羊毛线为标志，以坚硬的白石与木棍作为武器，终于战胜了以麻秆和雪团作为武器的"戈基人"。这支羌族人部落终于得以安居乐业，并分成九支散居各地。这段传说，反映了羌族人迁徙的一段历史，与史书文献及考古资料结合，印证了羌族的来源。直到明末清初时，一部分羌族人由四川迁往贵州铜仁地区，至此，羌族的分布格局基本形成。历史上的羌族，是一支高度文明的部落，曾有神农氏、大禹等中国历史上早期政治家诞生于这个部落。

长期以来，羌族在迁徙和定居的历史进程中，创造了丰富灿烂的农业文明。在茂县北较场乡有座山叫营盘山，营盘山又名红旗山、云顶山。2000年，在营盘山上发现了营盘山墓葬群遗址，系岷山山脉老人山在西南麓向河谷延伸部分，为岷江东岸的三级缓坡台地。台地呈南北走向，南窄北宽，形似马蹄，总面积近十万平方米，岷江从三面呈几字形将其环抱。

经过历时3年的考古调查，考古学家们在对营盘山遗址的调查、勘探及试掘工作中获得了丰富的实物资料，发现的新石器时代遗址包括房屋基址9座、墓葬及人殉坑5座、灰坑80余个、灰沟4条、窑址及灶坑等，还在遗址的中西部发现一处类似大型广场的遗迹。灰坑的平面形状有不规则形、圆形、椭圆形、长方形、扇形等种类，小型房屋基址的面积不大，多系单个建筑，平面多为长方形，中型房址内有隔墙。房址有叠压关系，包括柱洞、基槽、灶坑及贮火罐等。

房内还出土了大量的红烧土块，其上可见明显的棍棒插抹痕迹及拌草遗存，推测这些房屋的建筑结构采用了木骨泥墙的形式。大型广场遗迹的硬土面之下发现有多座奠基性质的殉人坑，表明该遗迹在遗址的平面布局中占有非常重要的地位，这里应是举行祭祖活动的场所。

▲ 羊皮鼓舞　　摄影/杨成龙

营盘山遗址出土了陶器、玉器、石器、细石器、骨器、蚌器等类遗物总数近万件。陶器以手制为主，从陶质陶色来看，以夹砂褐陶、泥质褐陶、夹砂灰陶、泥质红陶、泥质次陶、泥质黑皮陶为主。陶器以平底器和小平底器为主，有少量矮圈足器，器型包括侈罐、深腹罐、碗、钵、高领罐、盆、瓮、带嘴锅、缸、宽折沿器、瓶、纺轮、陶球、穿孔器等。

玉器包括环钢形器等装饰品，以及壁形器、仿工具及武器类的斧、钵、凿、穿孔刀、箭链等。

石器可分为打制石器和磨制石器两种，打制石器包括由大型剥离石片稍做加工而制成的切割器、砍砸器、柠、石球（弹丸）、网坠等。还有少量个体甚小的陵石片磨制石器，包括斧、镜、长方形穿孔石刀、凿、项石等。

细石器包括大量的石叶、石核，质地以燧石及水晶为主。骨器包括管、锥、针、削、箭镞等。此处还出土了少量的蚌壳。营盘山墓葬群的考古发现，证明了羌族先民的文明程度，把巴蜀文明的历史，提前到5500年前。2006年5月25日，营盘山遗址被评为中华人民共和国第六批全国重点文物保护单位。

如今羌族人主要分布在四川省阿坝藏族羌族自治州的茂县、汶川县、理县、松潘县、黑水县以及绵阳市的北川羌族自治县等地，其余散居于四川省甘孜藏族自治州的丹巴县、绵阳市的平武县以及贵州省铜仁市的江口县和石阡县。大多数羌族聚居于高山或半山地带，少数分布在公路沿线或各城镇附近，与藏、汉、回等族人民杂居。羌族人就是这样一步一步退让到了贫瘠的高山上，"云朵上的民族"的叫法就是这样得来的。

我在诗歌里知道了羌笛，也由此了解了一个叫羌族的古老少数民族。而我真正见到羌族人是在20多年前，即1998年。那年我在乌鲁木齐某部队汽车营任职，受命组织汽车驾驶员复训队。参加培训的学员是师机关和直属分队选送的已经学过开车的汽车驾驶员，因为工作的分工不同，他们当中很多人从学完开车后几年都再没机会摸过汽车，所以很有必要回炉再学习。其中在司令部选送的学员名单里，就有一名战士是羌族人。

第一次听说有羌族兵，不只是出于好奇，我们在新疆少数民族地区待久了，出于对少数民族风俗习惯的尊重，就把这名羌族战士叫来了解情况。这名羌族战士长得高高大大、白白净净，从长相上看，与汉族战士没什么区别。一问，才知道他的老家就在四川的阿坝茂县，那时对茂县这个名字还很陌生，我并不会因为他是我的四川老乡而对他另看一眼，而我更关心的是羌族是否有像维吾尔族、回族等少数民族那样的饮食禁忌习俗，我问他羌族忌不忌讳吃猪肉，如果不能吃猪肉还得想法为他另外开灶。结果他说羌族要吃猪肉，很多习俗与汉族无二，这就让我放心

▲ 中国古羌城全貌　　图片由茂县文联提供

▲ 羌山巍峨　　摄影/杨成龙

了。我问他会说羌话，会写羌字吗？结果他既不会说也不会写，而且提出不必关注他的民族问题。这便是我见到的第一个羌族人，当然，他也是一个不会吹羌笛的羌兵。

我在部队服役17年，从甘肃到宁夏再到新疆等地，足迹遍布大西北，羌族人就只见到那么一个。回到四川后陆续认识了很多羌族朋友，我才知道还有好些羌族自治县（区）。根据2010年第六次全国人口普查统计，羌族总人口数为309576人，而这30多万人中，就有30%的人居住在四川阿坝州的茂县，在茂县11万总人口中，羌族人就占了80%多。因此，茂县成了当之无愧的"羌都"。

我与羌城之约

2006年10月，我从新疆乌鲁木齐某部队转业回到成都，被安排在四川省作家协会创作联络部（简称创联部）工作。时任创联部主任的杨明照，与我有着相同的人生经历，他的老家三台与我的老家射洪是邻县，且很多年前射洪也曾与三台同时归绵阳市管辖。他也是33岁转业回到省作协，而且他跟我一样在部队是新闻干事出身，是领导也是知己，自然亲近些。

"在哪个坡唱哪首歌，不会唱就现学。"这是我对自己做事的基本要求。创联部是作协的主要业务部门，其主要职能就是联络、服务作家。杨明照在创联部做了十余年主任，他无疑是一位非常称职的部门负责人，他"浑圆"的肚子里，装着全省数千名作家。从杨明照先生口中我知道的第一个羌族诗人叫雷子，那时我对诗歌比较痴迷，因为我曾在新疆等少数民族地区生活了十余年，我认为少数民族对诗歌有着特别的天赋，仿佛他们天生就是诗人。

所以，那几年我学习诗歌创作时，除了向白航、杨牧、张新泉、孙建军等老师请教，我还喜欢阅读琢磨一些少数民族诗人的作品。正是在这样的需求下，雷子的诗歌走进了我的世界。开始我以为雷子是位男诗人，因为雷子的诗歌很大气，就像天边的闪电与雷鸣，在黑暗的夜里照亮人们前行的路，让沉睡之人被雷声惊醒。后来才知道大名鼎鼎的雷子是茂县的女诗人，那时我一次也没去过阿坝，我想有机会我就去茂县看看雷子。

再后来我从杨明照口中听说了第二位羌族作家，时任阿坝州副州长、副书记的谷运龙，他的许多作品都是在讴歌和书写古老而伟大的羌族，如《一个民族的背影》《西羌古堡》《永远的尔玛》等，均以羌族历史为背景，文思纵横驰骋，犹如滔滔岷江水，涌动着一腔激昂的热血，从字里行间便可触摸到他激越的心跳、感受他昂扬的羌风。

2016年夏天，我陪同中国作协副主席白庚胜和中国作协创联部副主任冯秋子，到四川阿坝州调研少数民族文学发展情况，并专程看望已经升任阿坝州人大常委会主任、党组书记的谷运龙时才知道，他不光是羌族人，他也是茂县人。后来我们又拜访了著名羌族作家诗人，现茂县人大常委会副主任梦非等。去年，时任汶川县作协主席、著名羌族诗人曾小平请我给他的新诗集《飘飞的羌红》写序，我才知道他也是茂县人。

2016年，与我一道从新疆某部回来，转业安置到四川省经信委的战友加文友——作家李桄，又受命到茂县扶贫挂职，任县委常委、县政府副县长。从他口中又多次听说茂县的羌山、岷江和羌红的故事，于是，我对茂县的兴趣越发浓烈了。

　　羌族自治县茂县，位于四川省西北部、阿坝藏族羌族自治州东南部的青藏高原东南边缘，地跨岷江和涪江上游高山河谷地带3903平方公里的土地，养育着羌、汉、藏、回等17个民族共11万羌山儿女。

▲ 欢度节日　　图片由茂县文联提供

▲ 欢度节日　　图片由茂县文联提供

　　有着悠久历史的茂县从殷商至春秋战国以来，由岷江上游"蜀山氏"古羌族人开发，系古代冉駹等少数民族的主要聚居区。秦武王元年（前310年），就开设湔氐道。汉武帝元鼎六年（前111年），以氐羌族人冉、羌城全景駹等部落地设置汶山郡，领绵虒、汶江、广柔、蚕陵、湔氐5县。汶江县、蚕陵县治地就在今茂县的凤仪镇、叠溪镇。东汉光武帝时，设汶江道，安帝永初三年（109年），改为广汉属国都尉，灵帝时设汶山郡。三国蜀汉时，绵虒仍置于汶山郡，改汶江道为汶江县，西晋移郡治于绵虒县，改汶江县为广阳县。东晋仍置汶山郡，废广阳县。南齐时，在凤仪镇复置北部都尉。梁普通三年（522

年），设置绳州，领汶山、北部2郡。凤仪镇为绳州、北部郡、广阳县的州、郡、县治。西魏仍置绳州，复置甘松郡。北周武帝保定四年（564年），改绳州为汶州，领北部、汶山2郡，北部郡领广阳、北川2县。隋文帝开皇三年（583年），置蜀州，开皇五年（585年）改蜀州为会州，并置会州总官邸，领7县。隋文帝仁寿元年（601年），将今凤仪镇所置广阳县改为汶山县。隋炀帝大业三年（607年），罢会州、冀州，合置汶山郡，领11县，汶山县为郡治地。唐高祖武德元年（618年），改汶山郡为会州。武德三年（620年）置会州总管府。武德四年（621年）改为南会州。太宗贞观七年（633年）升置都督府。贞观八年（634年）改南会为茂州。玄宗天宝元年（742年），改为通化郡。肃宗乾元元年（758年），复为茂州，属剑南道，领汶山、汶川、石泉、通化4县和39个羁縻州。五代前蜀王建天复七年（907年），仍置茂州，领4县。

从唐太宗贞观八年开始，在中国版图上便有"茂州"了。宋仍置茂州通化郡，领2县10个羁縻州，今凤仪镇为州、郡和汶山县治，直至元代。元世祖至元九年（1272年），属吐蕃宣慰司，世祖至元中仍置茂州，领汶山，亦称文山。世祖至元十九年（1282年）废，后复置汶山、汶川2年。汶山县（今凤仪镇）为州治。明太祖洪武十七年（1384年），仍置茂州，领1县，并将汶山县并入茂州。清顺治初，仍置茂州，隶成都府。雍正五年（1727年），茂州升为直隶府，属松茂道，领汶川、保县2县。道光十一年

（1831年），茂州领汶川1县及土司12个。

民国二年（1913年），改茂州为茂县。民国二十四年（1935年）5月15日，中国工农红军第四方面军进驻茂县，同年5月30日，在凤仪镇建立中华苏维埃共和国川陕省茂县苏维埃政府。民国二十五年（1936年）2月，国民政府在今凤仪镇设四川省第十六行政督察区专员公署，辖茂县、汶川、理番、懋功、靖化、松潘6县。

1950年1月，茂县解放。2月11日，在凤仪镇建立了茂县人民政府。2月26日建茂县专署，隶属川西行政公署。1953年元旦，成立四川省藏族自治区，首府设在茂县。1954年，四川省藏族自治区治所迁往刷金寺，更名为阿坝藏族自治州。1958年7月7日，茂县、汶川、理县3县合并，成立茂汶羌族自治县，县府置威州镇。1963年恢复汶川、理县建制，茂汶羌族自治县县治地迁回凤仪镇。1987年12月10日，阿坝藏族自治州更名为阿坝藏族羌族自治州，茂汶羌族自治县更名为茂县。（资料来源：《茂县县志》）

这便是茂县的历史沿革。足见古代茂县管辖区域比现在大得多。这里古茂州下辖地名"绵虒"，"虒"读音"sī"，"虒"是一个不常用的汉字，是头上长角的老虎，传说是五大瑞兽之一。我个人认为，这就是一个会意字，意思就是老虎出没的地方——老虎窝。试想，古代没有乱砍滥伐，像"汶、理、茂"这一带的山上应该覆盖着很多原始森林，植被树木会比现在多得多，山上自然会有老虎出没。羌族在整个迁徙过程中，也只有退守到这种野兽出没的大山上躲起来，才能生存下去。

现在绵虒镇位于汶川县城西南，镇域东部与都江堰市接壤，距汶川县城18公里。绵虒素有"大禹故里、西羌门户"之美誉。史载绵虒是大禹的故里，历朝代汶山郡郡府所在地，藏羌回汉民族融合居住之地。在绵虒镇原古城外，有座古建筑名叫"禹王宫"。禹王宫始建于清道光十一年，与真武宫并排相连。建筑面积达600多平方米，正殿面阔三间，进深四间，为穿斗木结构盖单体歇山式顶。殿内有神龛，供奉禹王像，但现在禹王像已遗失了。正殿对面为戏台、戏楼。殿宇楼阁均饰以木刻浮雕，顶饰彩绘"藻井"，图案精美，栩栩如生。图案中有一种有角的虎，此即绵虒中的"虒"字也。内外四周均为精湛之壁画，为当地体现羌和大禹文化的重要建筑。宫内有众多雕刻艺术品，宫门一侧有1940年于右任先生所题"明德远矣"字碑。"5·12"汶川特大地震后禹王宫正殿和对面的戏台楼阁，戏台楼阁上的木刻浮雕壁画数幅及旧时官宦，仕女水边游乐图壁画等尚存，似有岷江水文化之特色。现在的禹王宫由珠海市援建，于2010年7月完工，修复如旧。

为纪念羌族开宗伟人大禹，在大禹故里绵虒镇高店村石纽山打造了大禹风景区，景区以大禹祭坛为核心文化项目，以复兴广场为主要时代项目，以大禹治水为重要卖点项目，汇聚众多旅游游乐项目和服务设施。景区由入口

▲ 大禹像　　　图片由茂县文联提供

区、碑林、大禹文化研究陈列馆、祭前广场、甬道、祭坛、大禹殿、大禹雕像、上山步道、刳儿坪景区组成。

整个景区建筑均采用汉式风格，其含义有二：其一，大禹为华夏民族之始祖；其二，汉代建筑宏伟、大气之风格与大禹精神十分相符。景区铺装均采用白麻花岗岩，庄严而厚重，充分体现了深厚的文化底蕴和肃穆的祭祀气氛。景区绿化以松、柏、竹、银杏、桂花等为主。此外，景区内散布历朝历代的诗人歌颂大禹的诗文的石刻，进一步烘托出整个景区的文化氛围。

此外，前面文中提到的蚕陵县就在今天茂县的叠溪镇。蚕陵，顾名思义就是蚕丛的陵墓。蚕丛，又称蚕丛氏，古代神话传说中的蚕神，是蜀国首位称王的人。他是位养蚕专家，据说他的眼睛跟螃蟹一样向前突起，头发在脑后梳成"椎髻"，衣服样式为向左交叉，通常汉族传统衣服为右衽，即向右交叉的。

从眼睛突起来看，我个人推测或许蚕丛就是三星堆出土"纵目"的原形。蚕丛最早居住在岷山石室，即今天茂县北叠溪中。后来蚕丛为了养蚕事业，率领部族从岷山迁到成都居住。在夏桀十四年，夏桀派大将率领军队攻打蚕丛和有缗氏，于是蚕丛建议有缗氏用美女来迷惑夏桀使他没有打仗的心情，果然夏桀被美女迷惑后，宣布要回到朝廷。这应该算是较早的"美人计"了吧。

西周时期，蚕丛被其他部落打败后，蚕丛的子孙后代分别逃到姚（即现在云南姚安）和巂（也就是现在的四川西昌），最后由新势力鱼凫来结束这次战争。远古时代成都平原水草肥美，以捕鱼为主业的鱼凫在成都平原逐渐壮大，他们以温江为居点向四周扩展，相邻的郫县、彭州等相继被攻克，徒手摘桑叶养蚕的蚕丛氏自然打不过手拿鱼叉的鱼凫氏，蚕丛氏只得沿着岷江从都江堰退回"汶理茂"大山上。

当然这些只是传说和我个人的猜测，若要考证，却要花一番大功夫。不过我个人认为，蚕丛应该在茂县地区生活和生产过，或者真的就是死后埋在了茂县。

随着与我结识的茂县文友的增多，我对茂县的了解也越来越深。然而对于这样一个令人神往的地方，每次到阿坝，都经汶川朝理县方向走了，不曾拐弯到茂县去过。多少次收到文友们的邀请，一次次爽了人家的邀约。

2018年国庆节前夕，阿坝州文联副主席王庆九先生打电话请

▲ 金面具人像　　摄影/税清净

▲ 中国古羌城全貌　　图片由茂县文联提供

我为"阿坝大讲堂"做一次讲座。说实话，开始接到他的
来电时我还有些忐忑不安，因为阿坝作为四川省作协主
席、著名作家阿来的老家，高山仰止，在其他地方我可以
随便讲、放开讲，在阿坝哪敢胡乱卖弄。再说前面还有谷
运龙、周文琴、阿郎、蓝晓梅，等等。我没有急于答复王
庆九，我说得容我考虑考虑。

前几年我任四川省作协创联部主任时，王庆九以及其
爱人——《草地》杂志编辑周家琴女士，都曾多次参加过
我组织的作家培训班。他们非常了解我的为人，知道我做
任何事情都很认真负责，不会食言于自己的承诺。于是，
王庆九站在州文联的立场上，耐心细致地做我的工作，目
的就是要让我去讲课。

王庆九进一步讲道：虽然是"阿坝大讲堂"，但结合
了《草地》杂志的一次文学采风笔会，笔会名字叫"羌城
之约"，地点就选在了阿坝州的茂县。我听是在茂县办讲
座和举办文学采风笔会，而我还没去过茂县，正想去走一
走、看一看，于是我欣然允诺，并开始认真准备我的汇报
交流稿。一个月后，我终于第一次走进了"羌都"茂县，
正巧第二天农历十月初一，便是羌族最重要的节日——羌
历年，整个茂县都沉浸在喜庆祥和的节日氛围之中，给我
留下了深刻的印象。

古羌城里年味浓

我们驱车从成都出发，从成灌高速快速通道出城。好久没朝都江堰这个方向走了，结果从成都的二环路到高速收费站这段快速路，以前堵车时常常要花一两个小时的路程，现在一路上全是下穿立交，只有一个红灯，总共花了不到20分钟。

一到都江堰，巍峨的群山便扑面而来。继续沿都汶高速前行，时而钻山洞，时而跨岷江，逆流而上。越走山越清水越秀，相比2008年汶川地震后的破碎山川，大山的伤口已经愈合得差不多了，很多当时垮塌的地方已经稳固不再落石了，大部分地方已经重新覆盖上了植被。

紫坪铺水库就在脚下，跨过水库，钻过紫坪铺隧道就出都江堰市了，前面就是属于阿坝汶川的映秀地界了。只是我有点纳闷，为什么都汶高速映秀到汶川那么长一段都不收费？后来才知道，因地质灾害，前方213国道有的地方至今还没恢复通车，车辆经过须绕行。为降低经过该条道路的车辆的通行成本，减少司机开支，后面很长一段高速才没有收费，这是政府一项很直接的惠民措施。

在汶川出口下高速，从汶川城郊几十米高的大禹塑像脚下左转弯，不用穿越汶川县城，继续走213国道，沿岷江逆行40公里，就是目的地茂县。虽然汽车在山区行驶，但路况还是很不错的，限速区一般保持60公里/小时的速度，弯转得大的路段限速40公里/小时，弯转得小的路段时速可达70公里/小时。我们一路畅通无阻，不知不觉就开到了茂县。

一进茂县，感觉整个城市都是新建的一样。宽阔的马路、新的楼房、崭新齐备的市政设施，四处张灯结彩，很多单位门头上都高高地悬挂着鲜艳的五星红旗。一些民营休闲场所也毫不示弱地拉上五颜六色的彩旗，彩旗在微风中缤纷起舞、猎猎作响。

县城街道上车辆如流，行人如织，如果不是独特的羌族建筑风格和人们身上艳丽的民族服饰，没人会相信这是阿坝州的一个民族地区小县城。当然，这得益于2008年"5·12"汶川特大地震过后，"全国一盘棋"的对口援建；更得益于改革开放40年来，党领导全县人民共同奋斗的结果；还得益于近些年精准扶贫，羌族人民在党和政府领导下一步步迈上脱贫致富的康庄大道，从而才使得茂县人民生活有了质的飞越，城市面貌有了天翻地覆的变化。

回想2008年汶川地震中，茂县是受灾极重的地区之一，一度成为"废墟上的孤岛"。作为茂县对口援建省份，山西省共援建了3批10类226个项目，总投入经费高达

21.62亿元。"5·12"地震灾后恢复重建的十年，茂县城乡面貌焕然一新，基础设施提档升级，产业发展基础夯实，经济社会跨越发展，也才有了我眼前这座崭新的新县城。

为了记住党和山西人民的恩情，2018年5月10日，茂县县委、县政府专门组织召开了"'5·12'汶川特大地震10周年致谢感恩山西对口援建座谈会"。州政协主席尼玛木，州委常委、茂县县委书记高加军，山西省原发展和改革委员会副主任、山西省对口支援茂县灾后恢复重建前

▲ 羌族沙朗　　摄影/王庆九

▲ 走到古羌城去耍　　摄影/杨成龙

线指挥部总指挥段进存，山西省原发展和改革委员会主任
李宝卿出席会议。会议认真回顾总结了"5·12"汶川特
大地震茂县遭受重创后，山西省委、省政府积极响应党中
央号召，坚决落实对口援建决策部署，从人力、物力、财
力、智力全方位帮助茂县恢复重建发展，先后派遣8000多
名各路专家、工程技术人员、公安干警等援建工作者进驻
茂县，始终把茂县当作山西第120个县来建设，从基础设
施、卫生医疗、广播电视、住房重建、交通道路、文化设
施等多个领域进行全方位援建。在恢复重建过程中，山西
援建工作者发扬"讲政治、顾大局、肯奉献"的革命老区
精神，始终以高效务实的工作作风开展对口援建工作，在
援建工作机制上大胆创新，创造性提出"统分结合、共同

参与、双向控制""资金跟着项目走"等项目、资金管理模式，仅用两年多时间就把茂县建设成为"废墟上崛起的新羌城"，灾区人民过上了幸福安康的新生活，基本实现了"物质生活充实富裕、精神生活幸福满足"的目标。

车轮追着金黄的银杏树叶，导航指挥着我左转右转减速停车，老远就看到半山上矗立着一大片石头砌成的建筑群，高耸的碉楼，异常威武雄浑。

我还在想着，羌族人正因为大都居住在山高水险的半山腰，因此羌族才有"云朵上的民族"之美称。结果导航把我指挥到了一个硕大的石碑面前就不走了，石碑上刻着"中国古羌城"五个大字，石碑旁边不远处就是检票口，石碑后面是一块平整空旷的大广场，透过广场往上是雄伟的石阶，通向高大的碉楼群落。

我预料，那石阶之上的城堡应该是我此行的目的地，果然待我电话打通后，茂县文联副主席梁燕告诉我，报到地点在"古羌城大酒店"。我重新导航起程，酒店还真的在古羌城后面的山坡上。跟古羌城一样，古羌城大酒店也是全新的建筑，外表看是石头垒起的建筑，然而酒店里面装修设施设备却非常现代和考究，除了名字中有"古"字，压根就是一家现代化的酒店。据说该酒店生意非常好，若不是活动主办方县文联提前预订了房间，当日去根本没房间可住呢。

我曾读过羌族诗人白羊子有关羌历年的诗句，如他写的："西川草黄欲化仙，羌笛悠悠度新年。常忆先祖迁

▲ 唱起歌来跳起舞　歌颂美好新生活　　图片由茂县文联提供

徙史，石碉楼房记宏篇。"又如他在《七绝·2013羌历新年》中写道："望断析支域外风，情牵故里意更浓。羌笛起处邛笼立，多少相思古韵中。"对于羌历新年，我还是很向往的，没想到就是现在，正好遇到了羌历新年。茂县，我终于来了！

在民族地区，就要尊重民族习俗。于是，在酒店里我便搜索了一下与羌历年有关的习俗。得知羌历年羌语称"日美吉"，意为吉祥欢乐的节日。有人说是按照古羌太阳十月历和羌族"释比"的铁板计算，推算出羌历九月初一（即农历十月初一）为羌历年，羌族人就以这一天作为本民族最隆重、最喜庆的节日。

关于羌历年的来历，还有一个美丽的传说：天神的小女儿木姐珠爱上了人间的羌族小伙子斗安珠后，便不顾天条律令，执意下凡和他结婚。出嫁后，她把父母赠送的树种、粮种等种植在人间，使得人间五谷丰登，畜禽兴旺，繁荣昌盛，大地一片生机。为感谢天神父母恩惠，木姐珠就在一天把丰收的成果摆在原野祭祀上天，表达心中的感恩之情。以后在每一年的那一天都要举行相同的仪式，而那天正好是十月初一，羌族人民因此也把这一天作为自己的节日。

这是民间的羌历年，后来还得到了官方认可。1987年农历十月初一，四川省民族事务委员会在成都举行庆祝羌历年大会。自此以后，每年农历十月初一就成了羌族地区统一的"羌历年"。随着国家少数民族政策的进一步落实，羌历年不仅成为各羌族聚居地的传统节日，而且也成为当地的法定假日。在民族地区，如果有几个大的少数民族聚居的话，一年就可以过几个年，放几次年假。例如，阿坝藏族羌族自治州，除汉族春节外还有藏历年、羌历年，三个都是法定假日，那里的人们一年能过三个年，放

▲ 春到福到　　图片由茂县文联提供

三次年假。

不只是茂县的羌族人过羌历年，分布在四川省绵阳市北川羌族自治县和阿坝藏族羌族自治州的松潘县、汶川县、理县以及其他羌族聚居区的羌族人都要过羌历年，有时几个县还联合起来组织庆祝活动。例如，1991年11月6日，北川县、茂县、汶川县、理县四县就联合在北川县举办过庆祝羌历年暨民族经济文化交流大会。

2014—2015年我曾经在彝族地区下派挂职锻炼过，我了解到彝族的彝历年时间并不固定，每年都只是大致时间相同。而羌历年的时间是固定的，同时，很多风俗习惯也成了"规定动作"。

羌历年这一天，是羌族一年中庆丰收、送祝福、祈平安的节日。节日期间，羌族人民祭拜天神、祈祷繁荣，以此展示与自然的和谐相处和对自然的尊重，并促进社会和谐、家庭和睦。家家户户欢聚一堂献上用面粉制成的鸡、羊、牛，分食羊肉，将羊血洒到树林里。亲邻好友互相邀请，拜年做客，同饮咂酒。大家边饮边演唱酒歌，内容多是祝福吉祥如意，或恭贺新禧，或酬谢和缅怀祖先的英雄业绩，等等。

按民间习俗，过羌历年时要还愿敬神，要敬祭天神、山神和地盘业主（寨神）。地点一般选择在羌族人聚集比较多的地方，按照感恩、祈福和吉庆的程序举办各种祭祀活动。所有人身着节日盛装，首先在释比的细心指引下，举行庄严的祭祀仪式，杀羊祭神。然后，大家会在"释比"的带领下，跳羊皮鼓舞和莎朗舞。

活动期间，"释比"吟唱羌族的传统史诗，人们则唱歌、喝酒，尽情欢乐。高山上的村寨，常常会全寨人一起吃团圆饭、喝咂酒、跳莎朗，直到尽欢而散。整个活动仪式由释比主持，咂酒则由寨中德高望重的长者开坛。新年之夜，每个家庭的一家之主会在自己家里，以家庭为单位，主持祭拜仪式，向祖先和神灵献祭品和供品。

此外，羌历年又称"牛王节"。原来十月初一这一天，是牛的生日，所以人们除了敬神还要敬牛王。有的地方将猪用棒打死，以火烧掉猪毛，剖开后祭祖祭神祭牛。每年农历十月初一开始举行庆典，一般为三至五天，有的村寨要过到十月初十。节日期间，亲朋好友可互道祝贺，相互迎请。年后，农村很多青壮年就去成都平原或者更远

▲ 祭拜祖先神灵　　摄影/杨成龙

的地方继续打工挣钱，到下一次过年前才回来。现在政府想方设法鼓励大家创业，努力增加就业岗位，提倡大家尽量在家门口就业，一样可以增加收入、脱贫致富。

2006年，"羌历年"被四川省人民政府列入《第一批非物质文化遗产名录》。2008年6月"羌历年"被列入《第二批国家级非物质文化遗产目录》。2008年的"5·12"汶川特大地震，给30万羌族人民的生产生活造成了影响，大量珍贵的文化遗产和非物质文化遗产也受到严重威胁。为了抢救和保护羌族非物质文化遗产，2008年11月，在党和国家的大力支持下，中华人民共和国文化部授牌成立了"羌族文化生态保护实验区"。随后，在各级政府的关心和羌族群众的积极参与下，2009年，"羌历年"入选联合国教科文组织公布的"急需保护的非物质文化遗产名录"。

"5·12"汶川特大地震使丰富的羌文化资源遭遇了重创，为了保护、传承和弘扬羌族文化，茂县县委、县政府把羌文化重建纳入全县经济社会发展的总体规划中。他们曾专门打造了一台既融合了羌民族悠长、神秘、浓重的文化元素，又体现其原生性、真实性和典型性，同时展现羌族人民面对困难时的豪情壮志和感恩情怀的羌族原生态歌舞《羌魂》。

《羌魂》以羌族人、羌风、羌韵为主题，分为序、祭、耕、韵、情5个章节，集中展现了羌民族古老的生活方式以及独特的羌民族文化风情和历史文化背景。悠长的羌笛、神秘的索桥与碉堡、浓重华美的羌绣、雄劲豪壮的羊皮鼓舞，中国少数民族音乐中最古老的多声部音乐"羌族古声部民歌"等展现出浓郁的羌民族风情和历史文化。通过铠甲舞、羊皮鼓舞、莎朗舞等优秀节目，表现了羌族人民自强不息的奋斗精神和建设美好精神家园的伟大实践。

《羌魂》还包含了4项国家级、3项省级非物质文化遗产在内的众多羌文化艺术瑰宝，并集中展示了入选联合国教科文组织公布的"急需保护的非物质文化遗产名录"的羌历年。

2009年4月，按照中宣部安排，张胜有、王宏甲、李春雷三位报告文学专家到四川采写"5·12"汶川特大地震一周年专题报道稿件，我当时一直陪同左右，还专门安排他们观看了《羌魂》，为感谢他们对羌族人民的关心，演职人员还专门向他们献上了代表无比圣洁尊敬的羌红。

这里值得一提的是，羌族人民在喜庆节日都要跳的"莎朗舞"。"莎朗"，意为"唱起来、跳起来"。所以，"莎朗舞"是最具羌族特色的圆圈群舞，羌语称"跳莎朗"。男外女内，环篝火而列，且歌且舞且旋移，甩手摇肩，身体俯仰，脚步腾跃，舞风朴拙粗犷，类似于藏族人民的"锅庄"。

"莎朗"是中国羌族独具代表性的文化，已列入《四川省第二批非物质文化遗产名录》，是当地羌族人民娱己娱神的重要手段。莎朗后引申为羌族歌舞，并扩大词义为

▲ 推杆　　图片由茂县文联提供

羌族歌舞的统称，是典型的歌舞一体的少数民族艺术形式，在羌族聚集地及其周边地区广为流传。无论是喜事、忧事，无论在田间地头、院坝堂屋，莎朗之于羌族犹如盐巴之于腊肉。随着时代的进步与发展，羌族莎朗除了继续承载民族的传统，更发展成为现代人强身健体、愉悦身心、促进交流的重要手段和形式。

　　"还记得2008年8月8日，北京奥运会盛大的开幕式吗？"阿坝州文联主席巴桑说，"奥运会开幕式上就有一个羌族的莎朗舞蹈，还加入了'推杆'表演。"我怎么会不记得，那是四川唯一一个上奥运会开幕式的节目。当时我在四川省委宣传部文艺处工作，从节目排练到带装彩排，看过好几次呢。

▲ 推杆　　图片由茂县文联提供

　　一开场，9根竹竿是演出中最壮观的道具。演出中，男演员将竹竿扛在肩膀，身着藏青色羌族服装的女演员被挑在竹竿两头举在空中。持续7秒不停的阵形转换让人目不暇接，观众还没从惊叹中反应过来，新的阵形又登场：16名手提羊皮鼓的男演员叠成罗汉，男女演员像拔河一般比赛推杆，并对起歌来，配上极具羌族风情的服饰和羊皮鼓，现场异常热闹。紧接着8.1米的竹竿顶端，一名身姿矫健的羌族姑娘像一只抱柱的蜻蜓，又像放飞的彩色风筝，抱着竹竿飞入云霄，在天空中自由旋转"翱翔"。

欢快的音乐、婀娜的舞蹈、高难度的推杆，令电视机前的观众情不自禁地鼓掌吼出了声！仅仅3分钟的节目通过变幻阵形、演绎羌族非物质文化遗产羊皮鼓和其他原始舞蹈，营造出热闹喜庆的氛围，羌族独有的文化符号也在演出中被展示得淋漓尽致。

谁也想不到，本是体育竞技游戏的"推杆"，被结合进了舞蹈表演，形成了非常震撼人心的效果，就连张艺谋都说"闻所未闻、见所未见"！

推杆源于羌族尚武传统和武士间比武较量，是一种竞力运动。"推杆"用羌语说就是"吾勒泽泽"，是两人或多人之间力量的较量，是羌族文化生活不可或缺的部分。在推杆盛行的时代，忙完农活，羌家小伙就要三五成群较量一番。推杆的方法多种多样，有用腰腹部、肩窝、双手互推的，还有用前额、膝盖推抵的，有两人之间的推杆，也有几个人互推的，还有几个人推一人的。裁判由村寨的长者或有威望者担任，以击掌五次限定一个回合的时间。

记得湖南卫视《天天向上》栏目曾请羌族朋友做过一期节目，表演推杆和莎朗舞。其中天天向上主持人钱枫曾与一名羌族男青年较量推杆，只见小伙子蹲在地上，将推杆夹于胯下，钱枫使出全身力气，小伙子仍纹丝不动，后来在嘉宾大张伟、王一博的帮助下，三人合力才将羌族男青年推动，由此足见，这推杆还真不是花架子。我在想，这次到茂县来，又是过羌历年，不知能否看到精彩的推杆

▲ 打制铁器　　摄影/杨成龙

和莎朗舞表演呢？

从酒店出来，便能听到古羌城里的音乐和人潮声。听阿坝州文联主席巴桑女士介绍，有30%的羌族人居住在茂县。茂县当之无愧是中国最大的羌族核心聚居地和羌文化核心保护区，是中国羌族历史文化旅游目的地，是享誉中外的中国"羌都"。我们眼前这座最新打造的"中国古羌城"坐落于茂县县政府所在地——凤仪镇，其功能集文化传承保护、休闲体验、游乐观光为一体，是品牌独特的羌文化浓缩展示地和人文景区。

循着歌舞声，我们来到以白石、羊头为标志的中国古羌城。古羌城有中国羌族博物馆、非物质文化遗产传习中心、羌文化广场、羌王官寨、羌文化主题酒店、演艺中心、萨朗广场、羌圣山、炎帝广场、天碉、祭祀广场、羌乡古寨、彩虹云梯、古羌城门、古羌城景观支道、水系景观、古羌磨房、古羌绳渡、古羌木桥、金银路、水西路、金龟寨等景观、景点及特色建筑。

古羌城内忙碌着很多身着节日盛装的羌族男女，他们扮演着"城民"的角色，卫兵们身着铠甲在城门上值勤，劳作身份的人正在自己的工作岗位上从事着打铁、贩卖等生产经营工作，整个古羌城里模拟的是古代羌族人民工作生活的场景。其中，最开心的应该是那些终日里载歌载舞跳莎朗的人们。有好事者悄悄向正在跳莎朗的阿婆打听关于报酬工资的事情，老阿婆爽快地回答说，她们大多是县城周边山上的羌民，冬天了，在家也没什么事，反正过节，到古羌城来跳莎朗，既锻炼了身体，经营古羌城的公司每天还给每人发50元生活补贴，这样的好事到哪里去找？我也觉得这是个让农民增收的好办法，变直接给予施舍式扶贫为创造就业机会，让被扶持对象用劳动换取报酬，拿钱也拿得有尊严。

▲ 新村新女性　　摄影/杨成龙

神奇的"释比"

前面曾谈到羌历年是由"释比"推算出来的。"释比"又是怎么一回事呢？

羌族的"释比"好比回族的"阿訇"、彝族的"毕摩"，与汉族的"端公"差不多。羌族不同地区对"释比"的称呼又有好几种，如"许""比""释古"等。"释比"是古老的羌民族遗留，并保持至今的一大奇特的原始的宗教文化现象。"释比"是羌族中最权威的文化人和知识集成者。在古老的宗教文化里，羌族人民相信万物有灵，信仰多神教，而"释比"被尊奉为可以连接生死界、直通神灵的人。

当然，"释比"也是需要传承的。近代"释比"的传承是以师徒的形式完成的。老"释比"收徒要进行严格的挑选。由于旧时羌族无文字书本，所有经文、经典全凭口传耳授，且只能在劳动之余或阴雨天进行。所以，只有记忆力强、能吃苦、心无恶念之人方可拜师受业。学艺短则3年、长则9年，而拜师后能学成盖卦者屈指可数。

关于"释比"文化的起源，应该追溯到生产力低下、科学文明不发达的洪荒时期。羌族人的祖先们相信事物的变化和运动受制于隐在其中的灵性，这种灵性的神秘力量对人有利害关系，能招致吉凶福祸。

当人的技能还十分稚弱的时候，面对森严恐怖的自然现象会心生

▲ "释比"　　摄影/杨成龙

畏惧，对自身力量深感迷惘以及无时不置身于憧憬与恐惧之间，从而把不可理解的灵性按自身的形状面貌进行具化。在长期的实际生活中，羌族人根据灵性所致的善恶结果产生了善神恶鬼两种截然相反的观点。

由灵而神、而鬼，这是原始宗教的普遍特征和信仰发展的基本脉络。那时，人们一方面向物体和自然力祈冀，报以慑服崇敬、顶礼膜拜；另一方面又幻想自己有超人的主宰力量。于是，在原始人的生活中，事事处处都有一种宗教的气氛，而部族的酋长便是其宗教领袖；部族中能行巫术的人普遍受到人们的敬仰和拥戴，往往一人身兼酋长、祭司、巫师等多重职位。换言之，如果一个人的巫术

能力足以役使鬼神，呼风唤雨，他（她）就最有资格和可能被拥护上首领之位。

羌族的"释比"出现在历史舞台上时，便以其"超人"的本领扮演了巫师与领袖的角色，他的言行能感召灵气，从而影响社稷民生。好比罗马的教皇，是在特殊社会形式下形成的产物，一直延续到今天。在远古时期，负责制定、规范祭仪和主持的祭司的首领逐渐变成了"释比"，以至于现在羌族很多地区的很多事情都得由"释比"包办，诸如敬神、压邪、治病、送穷以及成年冠礼、婚丧事等。

现在在一些大山上的羌族人，生病以后不进医院、不看医生，而是找"释比"为其驱邪治病。关于"释比"的传说一直影响着人们，一些人认为"释比"不是普通人，是天神下凡，或者是半神半人。

传说"释比"最早是从天上来的，他是天神阿爸木比塔家中卜师兼祭司的阿爸木纳，专门给阿爸木比塔算吉星祸福，行吉日。后来阿爸木比塔的三女儿木姐珠执意下凡，与凡间

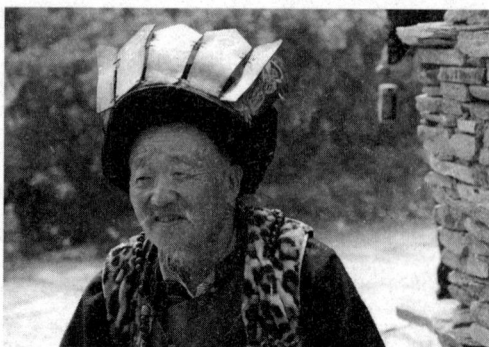

▲ "释比"　图片由茂县文联提供

的斗安珠成亲。据传，那时凡间有妖魔鬼怪，人们的安全没有保障，瘟疫流行。阿爸木比塔不同意这门亲事，想了多种刁难的办法阻止女儿，仍被木姐珠化解，无可奈何之下，阿爸木比塔就派遣阿爸木纳帮助凡间的人们占吉凶、卜祸福、治病防灾、解秽驱邪，保护木姐珠的家人。从此，天上的阿爸木纳就变成了凡间的第一个"释比"，成为羌族"释比"的祖师爷。因此，"释比"的法力无边，在天上能驾驶飞翔的凶禽，在地上能驯服驰骋的猛兽。

阿爸木纳听从阿爸木比塔的派遣，临行前阿爸木比塔送给阿爸木纳一本经书和钢印。阿爸木纳走出天门，来到最高的山顶雪隆遂时，全身感到很疲倦，坐下休息时，不知不觉睡着了。一觉醒来，不知过了多长时间，准备动身整理随身携带之物时，发现经书不见了，遍寻无果，阿爸木纳急出了一身冷汗。

这时树上有一只金丝猴大声叫喊："你的经书被羊吃掉了，不信你朝羊群看就知道了。"阿爸木纳走近羊群一看，果然经书被羊啃得只剩下一点边角，怎么办呢？这时，金丝猴子又开口说："你把那只羊宰杀后用它的皮子绷成羊皮鼓，当你敲起羊皮鼓时，经书的经文就会浮现在你的脑中。"这便是羌族羊皮鼓的传说。

阿爸木纳就照着猴子说的办法，宰杀了那只领头羊，用皮子绷成一个直径约50厘米的羊皮鼓，用刀刮净羊皮，在太阳下晒干，找来一根小木棍，轻轻一敲，鼓声响亮，连续敲打一阵，经文的内容就出现在眼前。为了纪念这件难忘的事情，后来，阿爸木纳用金丝猴皮做了一顶猴帽，猴帽顶端竖着三条宽约3厘米、高约20厘米的猴皮双层边条，乍看猴帽顶端呈"山"字形，传说它象征着天地与雪隆相连。从此猴皮帽就成了"释比"敬神、还愿、镇妖驱邪时专门戴的一种法帽。

当然，不是谁都可以当"释比"的，汶川县文联主席、红遍大江南北的歌曲《神奇的九寨》的词作者、著名诗人羊子曾给我讲过：培养一位"释比"不是一件容易的事。师傅传授的经文必须每天早晚背诵，学满三年后，由师傅挑选出记忆好、悟性高、精通学艺者，认为他们可以出师了，便会举行仪式，要经过德高望重的"释比"盖封。

盖封前算好吉日，盖封当日，要把附近的所有"释比"请到家中，大家围坐在火塘周围一起来诵经。唱到三更，点上香蜡纸钱，用预先准备好的羊给神还愿，祷告天神来领授。要被盖封的学徒需一个人走到神树林，跪拜在神林前，若听见任何响声或叫声，就认为是天神显灵，约过了半个时辰，他就转回家里，径直走到房顶纳萨碉前，众"释比"端坐在上方位，不停地考问经书的内容和所用的场合，新"释比"要——解答，犹如大学里的论文答辩一样。直到众"释比"相互点头认可，才算考试合格。由年长的"释比"给新"释比"戴上猴皮帽，师傅交给徒弟钢印及全套法器，一场别开生面的盖封仪式宣告结束。

关于羌族"释比"的故事有很多。在羌族"释比"的

▲ 祈福　　图片由茂县文联提供

一些经典中大多涉及神和英雄，他们也是羌族信仰中崇拜的神灵。而羌族的信仰习俗常常以经典作为自己的理论说明，经典的一个内容便是阐释和说明种种神灵的来历，成为神灵崇拜的重要依据。许多经典中的主人公，都是羌族人顶礼膜拜的神灵，如《赤吉格补》中为给战乱中死去的父母报仇的羌族孤儿——赤吉格补，《木姐珠与斗安珠》中的木姐珠、斗安珠，《羌戈大战》中的阿爸白构等都是羌族原始宗教中的神灵。

　　"释比"除了要记住这些经典，并向人们讲述这些神和英雄的故事，更多的是要能做"法事"来展示他们的本领。"释比"的法事活动源远流长又兼收并蓄，既丰富多彩又神奇古怪。如果我们把这些纷繁复杂的"法事"活动加以比较，综合概括起来我们会发现，"释比"是以人的根本利益为中心来调节人、鬼、神三者之间的关系的。而他们在做这些"法事"时，往往会做出平常人做不到或者不敢做的行为，因此让大家对他们更加敬畏。

据民族出版社出版、阮宝娣所著的《羌族释比口述史》记载，"释比"的主要活动有三个方面，叫作：一卜卦，二经咒，三祈求。卜有以下12种：手卜、羊角卜、羊髀卜、羊骨卜、羊肩卜、羊肩胛骨卜、鸡蛋卜、鸡嘴卜、鸟卜、青稞卜、水卜、羊毛线卜。卦有柏木卦、鸡嘴卦、钱卦、叫魂、招魂、麦草卦等。在羌族"释比"所做的"法事"中，占卜是一种十分常见的巫术活动。

从现有的一些资料看，羌族人进行占卜的历史相当久远。在我国古代的甲骨文中，有关羌族占卜的就多达三百

▲ "释比"的文化表演　　图片由茂县文联提供

余条。这些古老的卜辞，不但记载了羌族悠久的历史，而且也在一定程度上折射出古代羌族人对占卜活动的热衷。

古代羌族人的占卜方法众多，《史记·龟策列传》云："蛮夷氏羌虽无君臣之序，亦有决疑之卜。或以金石，或以草木，国不同俗。然皆可以战伐攻击，推兵求胜，各信其神，以知来事。"据《辽史·西夏外记》载，西夏时，党项羌族人对占卜十分崇信，凡出兵必先卜，卜法有四，一是"炙勃焦"；二是"擗算"；三是"咒羊"；四是"矢击弦"。

元代的史料中，也有关于羌族人占卜的记载。《元史·张庭瑞传》载："羌陈兵以待，庭瑞进前语之曰……其酋长弃枪弩罗拜曰：'我近者生裂羊脾卜之，视肉之文理如何，则吉其兆。'"

元代以后，羌族人崇信占卜的民俗，则在岷江上游的羌族地区继续保留了下来。道光《茂州志》卷一"风俗篇"记有羌族占卜"或以羊毛作索，陈各物于地，用青稞洒之曰打索卦；或取羊脾，以薪炙之，验纹路，占一年的吉凶，曰炙羊脾"。直到现在，占卜在羌族地区还没有完全消失。占卜一般有羊髀骨卜、鸡蛋卜、羊毛线卜等。羊髀骨卜在古代多用于占卜战争的胜负，后多用于占卜运气、病因、行人祸福或人死后占卜吉凶等。它较之鸡蛋卜、羊毛线卜等更为神秘，熟悉此术的释比较少，行卜咒语也只在最可靠的学徒举行谢师礼时师傅方肯完全传授。

傍晚时分，通过茂县有关部门做工作，我们找到了当地一位"释比",说明来意后,他答应为我们小范围展示一下他的"工作状态"。虽然是表演性质,并不是真正为了某某人施法治病,但这位"释比"还是不允许我们录音录像。

此时的茂县已经万家灯火,这位"释比"家的小院坐落在城北半坡上,站在小院内就可以鸟瞰整个县城。夜色下整个县城喜庆祥和,霓虹闪烁的小城内时不时响起"噼里啪啦"一阵紧似一阵的鞭炮声。在城市的几处大型广场上,早已经燃起了熊熊的篝火,密密麻麻的人群团团围住篝火踩着音乐跳起了莎朗舞,乐曲和人潮的声音回响到山间这位"释比"家的小院。

这位"释比"此时也做好了准备,他在自己的小院内点燃了一堆篝火,然后将两只铁犁铧扔进了火中。我们静静地围坐在火堆边,在这个寒冷的冬夜里,守着热烘烘的篝火辞旧迎新也是一件非常幸运的事情。更让我们幸运的事情马上就要开始了,只见这位"释比"微闭着双眼,口中念念有词。

接着,这位"释比"表演了用脚和舌头蹬舔烧红的铁犁铧的过程。

雷子告诉我们,"释比"今天做此法主要针对患有肚痛、腹胀、消化不良方面的疾病的患者。"释比"在为患者念经消灾、请神解秽的同时,将烧红的铁犁铧头淬进水中,并将沸开的水让病者喝下去,病痛即除;再者,"释比"还可以在烧得灼热通红的铧头上赤脚踩过,再用脚板

▲ "释比"的文化表演　　图片由茂县文联提供

踩踏病人胀痛之处，病人顿感病痛减轻。不过，现在"释比"文化更多的作用是旅游表演，起到吸引游客、宣传羌族文化的作用。

阿坝州《草地》杂志主编蓝晓梅见多识广，她介绍说，"释比"的功夫还有"耍火链""打油火""坐红锅""翻刀山"，等等。"耍火链"时，"释比"将火塘上用来升降茶壶的铁链烧红后，一边默念经文，一边将灼热的铁链先在自己的脖子上缠绕后再在患者身上来回翻绕，以驱赶病魔，达到治病目的。

她接着说，"打油火"则针对有以下两种情况的人家：一是家中病人在没有亲人在身边时死亡，或者死因不明，魂遗家中，人们认为这会给家中带来不祥；二是家中出现老鼠咬家畜的耳朵、尾巴等怪现象，人们认为此乃邪恶侵宅。凡有上述现象的人家，准会请"释比"于家中"打油火"。

"坐红锅"，顾名思义，与踩铁犁铧相似。"释比"将铁锅架在火塘的三脚架上烧红，锅两边各放一条凳后，画符念经。念经毕，"释比"赤脚踩红锅3次，蹲坐1次，然后再扶病人照办。

此外还有"翻刀山"。"翻刀山"在西南很多少数民族里都有，比如苗族的上刀山就是立一根长长的柱子，柱子上插着数对钢刀，表演者赤脚踩在锋利的刀刃上爬上高杆，爬上爬下的过程中再做些惊人的危险动作而毫发无损。羌族的"释比"在"翻刀山"时不爬高杆，而是在地上踩着刀刃走。"释比"口中念着经文，赤脚从刀刃上从容地踏过而无丝毫损伤。近处直观的患者无不为之愕然，坚信有神鬼相助，更是因此吓出一身冷汗，其病往往不治而愈，而我认为这其实是一种心理疗法。除上述功夫之外，还有如喝沸腾的清油喷火，用燃烧的细火炭洗脸，从沸腾的油锅中捞石子，两颊穿针，喝滚烫的开水，舌舔烧红的镰刀等。

从"释比"家出来时，远处有人正在燃放烟花。"嘭！嘭！"一束束耀眼的光线飞上天空，"啪啪啪……"那一束束光线突然炸开，红色的、绿色的、蓝色的、金色的、银色的、星星般的"花朵"向四周飞去，光彩夺目，如一团团、一片片、一丛丛盛开的花朵，真是太美了！在天空中绽开的五颜六色的花朵，有的像流星徘徊在夜空，有的像万寿菊欣然怒放，还有的像仙女散

▲ "释比"的文化表演　　图片由茂县文联提供

花，一朵朵小花从天而降；有的在空中炸开后，"嘘——嘘——"地尖叫着、旋转着飞向四周，画出千万条金黄的线条，犹如金蛇狂舞；有的像是向四周撒满无数晶莹艳丽的珍珠一般，让黑暗的天空顿时明亮起来。千姿百态的烟花，在天空中绘成了一幅幅美丽的图画。

　　烟花炸开时的多彩的光亮一次次照耀在我们一行人的脸上，这一张张脸中有汉族人的脸，有藏族人的脸，有羌族人的脸，有回族人的脸，不同的脸上都洋溢着相同的喜庆祥和与幸福！我突然想到，中国是一个多民族国家，同时拥有着多民族文化，跟眼前这多姿多彩的烟花一样，正是在这种多元文化的碰撞、包容、互证、互补、互动与融合下，才共同浇灌、哺育出了现代中华文化这朵瑰丽的珍宝！

羌绣与邛笼

在茂县，不管是在县城还是在农村，随处可见穿着民族服装的羌族人，他们衣服上漂亮的图案，大多为手工刺绣，这些羌族特有的刺绣的历史可谓源远流长。

羌族刺绣，我们称之为羌绣，以前多是农村妇女在劳动间隙完成的民间工艺品，如今"羌绣"已经在政府引导下形成了一种让农民脱贫致富奔小康的产业了。

随着旅游业的发展与人们对羌族地区关注度的提高，以传统手工为主的羌绣制品，很受外界爱美人士的喜爱。在茂县的一些商店，特别是景区附近的商店里，你随处都可以看到琳琅满目的羌绣手工艺品，如精美绝伦的挎包、帽子、氆氇、毡子、褂子、壁挂等，以及一些我们叫不出名的大小物件。其中，最具特色的便是"云云鞋"，应该算是羌族刺绣中最具代表性的工艺品。

当我们叫一家老板取"云云鞋"给我们看时，明知我们只是看着玩不会买，老板还是高高兴兴地从货架上取下来，双手托着轻轻地递给我们。有人假装问价："老板，

▲ 漂亮的羌族"云云鞋"　　　摄影/杨成龙

这双'云云鞋'多少钱？"老板则很认真地回答："你手里这双380元，那双300，边上那双420元，还可以比着脚给你定制，就是1000元一双，不过，便宜的还有两百多机器绣的……"

我们则像看宝贝似的，捧着小花鞋仔细观赏。只见那"云云鞋"鞋型貌似小船，鞋尖微翘，鞋底较厚，鞋帮上绣有彩色云纹和杜鹃花纹图案。"云云鞋"故有"云鞋""花鞋"或"勾尖布鞋"之称，羌民在喜庆的日子里都喜欢穿它。羌绣"云云鞋"工艺借助那密密麻麻的针脚，将棉线织绣于鞋身易磨损的部位，增强了其耐磨性，使鞋身不但具有实用价值，还具有相当高的艺术观赏价值；既显示了羌族"云云鞋"的工艺技能，又反映了它作为羌族文化的一部分，源自生活又高于生活、丰富生活的艺术特点。

▲ 绣娘　摄影/杨成龙

周正是阿坝师范学院文学与传媒学院副教授、羌族文化研究专家、《中华羌族历史文化集成·羌族文学》主编。他告诉我，在羌族民间文学中，口头文学占有很重要的部分，文学素材从侧面反映着羌族人的历史文化生活，而关于"云云鞋"的神话传说故事就有许多并广为流传。

相传一个生活在湖泊中的鲤鱼仙子用天上的云朵和湖畔的杜鹃花绣出一双漂亮的"云云鞋"赠予一位赤脚牧羊少年。她将"云云鞋"送给少年时也将爱情绣在了上面，他们也因之成了一对幸福美满的夫妻。到现在，羌族部分地区还保留着这样一种传统民俗：小伙子只要同姑娘恋爱，就免不了要穿上姑娘所赠的亲手挑绣的"云云鞋"作为双方的定情信物。

羌族姑娘在出嫁头天"花夜"，要唱一连串古老的叙事歌，其中就有专门唱"云云鞋"的歌曲。有一首情歌是这样唱的：

听说情哥要远行唉，
阿妹心中难舍分哟；
送哥一双云云鞋哈，

腾云驾雾快回来呀！

还有一首情歌唱道：

我送阿哥一双云云鞋，
阿哥穿上爱不爱？
鞋是阿妹亲手绣，
摇钱树儿换不来；
我送阿哥一双云云鞋，
阿哥不用藏起来；
大路小路你尽管走，
只要莫把妹忘怀。

这些优美动情的民歌唱出羌族姑娘们都把自己千针万线挑绣成的"云云鞋"赠送给自己的情哥，并视其为

▲ 羌族刺绣　　摄影/杨成龙

一种十分珍贵的爱情信物，以寄托她们内心无限的深情和爱慕。我便与周正先生开玩笑说："作为藏羌地区的一名大学教授，你是不是收到好些羌族女学生送的'云云鞋'？"周正笑了，他说他是汉族呢！既没肯定又没否定，而是答非所问地绕开了话题。

其实，不只是羌族会刺绣，中国很多民族都有各具特色的刺绣。作为我国传统美术工艺，刺绣就是在纺织物上用针穿引各色彩线绣成各种图案或文字。

羌绣是在继承古羌族人挑花刺绣的基础上演变发展而来的。刺绣的针法除多采用挑花外，尚有纳花、纤花、链子扣和平绣等几种。而羌绣有着本民族独有的审美价值、审美造型、纹饰图案及色彩规范，蕴含着深厚的羌族历史文化内涵。羌族挑绣图案的题材，大都是反映现实生活中的自然景物，如植物中的花草、瓜果，动物中的鹿、狮、兔、虫、鱼、飞禽，以及人物，等等。

早在明清之时，羌绣就已普遍盛行，而后，逐渐吸收挑花技艺并发展成挑花刺绣。挑花刺绣素为羌族妇女所擅长，几乎每个羌族妇女都精于挑绣。所谓"一学剪，二学裁，三学挑花绣布鞋"，她们从小便受到严格的训练。

跟汉族女子的"女红"一样，挑绣也是衡量一个羌族妇女聪明才智以及贤惠与否的重要标准，尤其在出嫁的前夕她们更是日夜不停地挑绣。她们将自己的勤劳双手、聪明才智、纯朴天性以及艺术才能都凝聚在这一片艺术天地之中，而"云云鞋"便是这片艺术天地中的一片沃土，有

着独具特色的艺术价值
与民族文化气息。

此外，羌族服饰中
的"披毡"也很有特
色。毡的制作工艺远比
制作纺织毛布简单，其
历史至少有3000年了。
有文献记载，两汉甘
青羌族人"女披大华毡
为盛饰"，唐宋时期，
羌族披毡已经很普及。
《新唐书·党项传》
称"男女衣裳褐，被
毡。"这一服饰传统遗有至今。

▲ 羌族服饰　　图片由茂县文联提供

羌族刺绣是羌族服饰的最大亮点。羌族服饰独具特
色，除在自制土布上绣制花鸟虫鱼、日月星辰外，依稀可
见繁复而简洁的象形文字。羌族的传统服饰为男女皆穿麻
布长衫、羊皮坎肩、包头帕、束腰带、裹绑腿。

男子长衫过膝，梳辫包帕，腰带和绑腿多用麻布或羊
毛织成，一般穿草鞋、布鞋或牛皮靴，喜欢在腰带上佩挂
镶嵌着珊瑚的火镰和短刀。女子衫长及踝，领镶梅花形银
饰，襟边、袖口、领边等处绣有花边，腰束绣花围裙与飘
带，腰带上也绣着花纹图案。未婚少女梳辫盘头，包绣花
头帕。已婚妇女梳髻，再包绣花头帕，脚穿"云云鞋"，

喜欢佩戴银簪、耳环、耳坠、领花、银牌、手镯、戒指等饰物。

羌族的传统服饰男女都在长衫外套一件羊皮背心，俗称"皮褂褂"。晴天毛向内保暖，雨天毛向外防雨。近代羌族服饰基本上承袭了袍服之制，服饰面料仍以皮裘、毛、麻织品为主。道光《茂州志》载："其服饰，男毡帽，女编发，以布缠头，冬夏皆衣毡。"

羌族缠头之俗在乾隆年间《职贡图》中已经出现。到20世纪20年代，羌族男子已改为缠头了。缠头，即以布帕缠绕头顶，妇女缠头本为羌族古俗，但男子缠头显然是受了汉族影响，到20世纪40年代，羌族服饰在继承传统的基础上，更趋丰富。

▲ 大凉山欢迎您　　图片由茂县文联提供

　　在这里，我要补充说明一下，与其他一些少数民族不同，勤劳美丽的羌族女性的地位是相当高的，因为她们有着自己的"羌族妇女节"。在茂县北部的曲谷乡西湖寨、河西村千百年来一直流传着这样一个习俗：为祭祀天上的歌舞女神莎朗姐，每年农历五月初五羌族女人们都要登上女神梁子，举行"瓦尔俄足"活动，该习俗活动完全由羌族女性参加和主持，因此又被称作"羌族妇女节"，汉语俗称"歌仙节"或"领歌节"。节日中，凡本寨妇女，不分老幼，皆着鲜艳的本地域民族服饰，佩银饰前往参加，气氛异常热烈。

　　农历五月初三，由会首组织数名净身妇女，手拿香、蜡、酒、柏香、馍、刀头等贡品，结队前往女神梁子的石塔前，敬祀歌舞女神莎朗姐，请女神赐以歌舞，谓之"引歌"。她们回到村里，再逐户告知信息，谓之"接歌"。五月初四，妇女们为准备美食忙碌着，以备第二天食用；未婚女性则精心为情人准备亲手绣制的礼物。初五清晨，在晨曦朝阳中，开启尘封的重阳咂酒，祝福全寨人畜两旺、五谷丰登。

　　莎朗是活动的主要内容，莎朗由老年妇女领跳，之后，再逐一将歌舞传授给下一代。"瓦尔俄足"以歌舞活动为主，歌的旋律粗犷奔放，节奏自由，山歌风味浓郁，交替反复的歌唱形式，体现出这一节日中传歌、习歌的艺术特色。奇特的胯部往复转动的舞蹈动律，令人叹服。整个歌舞，展示了含蓄、柔美的羌族妇女形象。

▲ 羌寨　　摄影/杨成龙

　　男人们则以歌舞附之，并以腊肉、咂酒、馍馍等食品伺候。活动的间歇，已婚妇女向青年女性传授性知识和持家之道等知识。或有情人漫步私语；或女性间相互笑谈。累了，妇女们三三两两围坐一团，品尝美食、畅饮咂酒，笑谈人生。整个节日活动持续3天时间。在3天的欢庆中，妇女们尽显其能，忘情欢跳莎朗，农事和家务事皆由男性羌民操持。

　　依照"瓦尔俄足"的传统古规，若本寨当年有13岁至50岁妇女死亡，则当年不举办"瓦尔俄足"。

　　"瓦尔俄足"活动中，舅舅从头到尾参与，体现了远古时期羌族女性群体活动与母舅权大的特征，带有浓郁的原始母系崇拜的遗迹。对了解古羌民族的文化内涵及女神崇拜、女性习俗等有着重要的研究价值。2006年5月20

日，"瓦尔俄足"民俗经国务院批准列入《第一批国家级非物质文化遗产名录》。

除了服饰，羌族的建筑也很有特色。在"羌都"茂县，除了满大街花花绿绿的羌族服饰扯人眼球外，那些山上山下由石头砌成的房子和碉楼，也让人不得不为之赞叹。因为羌族聚居区位于青藏高原东部边缘的岷江上游地区，这里山脉重重，地势陡峭。羌族建筑可谓中国民族建筑史上的明珠，多依山而建，就地取材，垒石为室，高数丈，谓之邛笼。

显然，羌语的邛笼就是汉语的碉楼，早在2000年前《后汉书·西南夷传》中就有记录了。唐时，李贤注："邛笼，案今彼土夷人呼为雕也。"又有清人陆次云《峒溪纤志》载："松潘，古冉駹也，积雪凝寒，盛夏不解。人居累石为室，高者至十余丈，名曰碉房。"《章古屯志略》记载："石碉，形制有二：或如方几，或似菱花，下宽上锐，自五六丈至数十丈不等，悉以乱石砌成，碉底六七丈，中栈以木，下卧畜牲，中置锅桩，上数层储良溴什物，远望耸如束笋，高出云霄。"这就讲得非常详细了，把邛笼从外形到内部的设置和用途都说得清清楚楚。

前面谈到，自唐朝以来，羌族人民因各种原因向西北迁移，到了西藏和青海，所以现在羌族碉楼也被称为藏族碉楼。出于军事安全的需要，每个村寨都得修建碉楼，村寨住房旁的碉楼较多，高度在10至30米之间，用以御敌和贮存粮食柴草。碉楼有四角、六角、八角几种形式。有的

▲ 千年羌碉　　摄影/杨成龙

高达十三四层。有的碉楼独立于山坡上，主要起警示作用，有的与房屋连接，在防卫警示的同时还供人居住。所以，碉楼根据其所处的不同的位置，有不同的功用，共分为家碉、寨碉、阻击碉、烽火碉四种。

家碉在羌峰寨最为普遍，就是修在住宅的房前屋后并与住房紧密相连的那种碉楼。一旦战事爆发，即可发挥堡垒的作用。古时，羌峰寨还有这样一种约定俗成的习惯，谁家若生了男孩就必须建一座家碉，同时要埋一块铁在建碉的地基下，男孩每长一岁，就要增修一层碉楼，还要把埋藏的那块铁拿出来锻打一番。直到孩子长到十八岁，碉楼才封顶。在为孩子举行成人礼仪式时，将那块锻打了十八年的铁制成锋利的钢刀送给他。在当时，如果谁家没有家碉，那儿子连媳妇都娶不到。可见羌族的建碉风气早已深入人心。

寨碉则通常是一寨之主的指挥碉，也常用于祭拜祖先。阻击碉，顾名思义，一般建在寨子的要隘处，起到"一碉当关，万人莫开"的作用。烽火碉多建在高处，是寨与寨之间传递信号用的，同时也能用于作战。

建设碉楼的主要建筑材料有石、泥、木、麻等。人们将麦秸秆、青稞秆和麻秆用刀剁成寸长，按比例与黄泥搅拌成糊状，便可层层错缝粘砌选好的石料。墙基深1.35米，以石片砌成。石墙内侧与地面垂直，外侧由下而上向内稍倾斜。修建时不绘图、不吊线、不用柱架支撑，全凭工匠高超的技艺与经验。碉楼那金字塔式的造型结构决定了它稳如泰山般的坚固，加上工匠精湛的工艺以及坚固耐腐的材料，素有"百年碉不倒"之说。即使在冷兵器年代里，用火炮轰也难以伤它筋骨。当然，我们须知建成一座军事碉楼，至少耗时两到三年。

每座碉楼的门都设在离地面数米高的地方，门前放置一架活独木梯，供人上下，一旦抽走独木梯，攻者想要进入碉楼，那可比登天还难。碉门十分矮小，成人须躬身出入，门板坚实厚重，亦有多道带机关的门闩（木制门锁）。碉内分有若干层，每层都有碉窗（用于近距离作战时投掷巨石打击敌人）和枪眼。居高临下，远可射，近可砸，敌在明，我在暗，以守代攻，游刃有余。

羌族的传统民居，平面一般呈四方形，为石片砌成的平顶房。房屋常分三层，每层高3米余，上层放粮食，中层住人，下层饲养牲畜。房顶平台的最下面是木板或石板，伸出墙外形成屋檐。木板或石板上密覆树丫或竹枝，再压盖黄土和鸡粪夯实，厚约0.35米，有洞槽引水，不漏雨雪，冬暖夏凉。房顶平台是脱粒、晒粮、做针线活及孩子老人游戏休歇的场地。屋下层有门，层与层之间有独木梯供人上下。外形雄伟，建造坚固，有些楼间修有过街或骑楼，可相互通行，以便往来。

羌族的传统民居屋顶上，都有一个明显的标志，四周墙角放有白色的石头，这是源于羌族人的"白石崇拜"。

▲ 排排坐　唱山歌　　图片由茂县文联提供

"白石崇拜"是羌民族重要的信仰习俗，羌族人视白石为天神和保护神，对其顶礼膜拜。20世纪80年代后期，考古学家在四川阿坝州茂县一带的早期石棺墓葬中还发现有以白石作为随葬品的情况。墓葬中一般将白石撒在石棺内人骨架的上半部，大的白石放置在人骨头部，小的白石堆放在人头骨两侧。

为什么要崇拜白石？《羌戈大战》这部羌族民间史诗中有详细的解释："白衣女神立云间，三块白石抛下山。三方魔兵面前倒，白石变成大雪山。三座大雪山，矗立云中间，挡住了魔兵前进路，羌族人脱险得安全。"此外，前文讲到古羌族人曾用白石战胜"戈基人"，所以白石自然成了古羌族人的庇护石和对敌战争中的制胜武器。

前几年我在阿坝州理县的杂谷脑河畔参观桃坪羌寨。在那里能够看到世界上保存最完整的尚有人居住的古碉楼与民居融为一体的建筑群，享有"天然空调"美名。其完善的地下水网、四通八达的通道和碉楼合一的迷宫式建筑，被中外学者誉为"羌族建筑艺术活化石""神性的东方古堡"。因此，在建筑学上，邛笼建筑被称为中国八大建筑流派之一。

我在桃坪羌寨曾看到当地老房子至今仍然普遍使用木片式门锁，每家每户开锁的方式各异，其他人就算钥匙在手，只要不知开锁方式，面对门锁也无计可施。盖房时，主人会预先在门框的某一个位置留一个小方洞，这些门锁在房屋建造完成前就要安装好，锁和钥匙全用木头做成并跟房子一起制作完成。

开锁时，凭借手感和听声来开锁，所以它又被称为"千年防盗门"。门锁构件主要有门锁洞、锁墩、木钮、钥匙，每样构件在内部设计上都极其精巧，将这些装置配合在一起使用，就能产生完美的防盗作用。特别是木钥匙，它的设计很考究，由一个长形的木片制成，木片上布有齿轮，这些齿轮要和木锁匹配。锁墩象征母羊，木钮象征母羊的乳头，而钥匙则代表羊羔，钥匙伸入木槽开锁就象征羊羔在吃奶。这一说法在羌族中普遍流传，并得到广泛认可。

从这些生活细节中也能看出羌族人民很有智慧。我曾经尝试过开这种羊羔锁，在开锁时执木钥匙的右手食指和中指必须弯曲。旋转木钥匙时，那两根手指的动作就犹如羊羔吃奶时两条前蹄下跪的动作一样，若不如此，你就无法开锁，所以特别有趣。不过，茂县的建筑大多是"5·12"地震后重建而成的新建筑，新建筑除了外观保留原样，内部几乎全部已经改变了，反正我在茂县没看到还在用羊羔锁的房子了。

当然，羌族建筑除了有碉楼、石砌房，还有索桥、栈道和水利筑堰，等等。在这里就不一一列举了。

花椒与"猪蹄汤"

　　这次去茂县，印象最深的除了羌历年间浓浓的年味，便是满城麻酥酥的花椒香。2016年我曾经浏览过一条新闻，茂县花椒专业合作社向法国出口了3吨花椒。当时有点纳闷，法国人吃花椒吗？怎么会跑到我们大山深处的茂县买花椒呢？这次到茂县终于找到了答案。

　　原因正是因为茂县的山大日照强，土壤非常适合种植花椒。很早以前人们便开始在茂县种植花椒了，而且茂县的花椒品种好、颗粒大、味道浓，特别麻特别香。只是以前的人们种植花椒不成规模，又没有品牌意识，更没有对外宣传。品质再好也是养在闺中人未识，到2005年都只能依靠人背马驮到县城农贸市场零卖，当时一斤花椒有时还卖不到5元钱，更没法深加工了。

　　后来在政府引导下椒农们自发组织起来，成立了很多合作社，以公司加农户的模式统一生产销售，注重品牌效应，不断提升品质，从而使椒农的收入不断增加。特别是2008年汶川地震后，在一些企业的帮助下，茂县花椒走出

▲ 花椒红了　　摄影/税清静

了大山，走进了各大城市的超市，从而使茂县花椒走进了全国千家万户。此外，花椒油等深加工项目的引进，进一步增加了椒农的收入，也增添了部分就业岗位。

在茂县文联的安排下，作家们来到了茂县的一处花椒生产加工工厂参观。一进工厂，满天弥漫着花椒的香味。走进车间，由数台不锈钢机器组成的生产线正开足了马力生产。烘干后的花椒从机器一端进入，经过模拟人工机器的筛筛捡捡，去除杂质后，从另一端出来就是干干净净的了。厂方负责解说的人却说，这里只是初级筛选，还有精选、人工筛选等程序，最后才打包装箱。

在人工精选车间，数十个羌族妇女，戴着口罩和帽子，两眼仔细地盯着眼前的一粒粒花椒，迅速地抓取，那速度相当快，任何一个微小的杂质，就算逃过了两道机器筛选程序，也逃不过她们的"火眼金睛"。为了抓紧生产完成订单，同时实现个人增产增收，就算羌历年期间她们也得加班加点地辛勤工作。这时，厂方负责解说的同志开玩笑说："在我们厂里参观，我们的产品只要你喜欢可以随便品尝，花椒管够。"有作家真捡起两粒花椒放入口中，开始咀嚼，不到数秒钟，便被麻得喘不过气来，憋出了两行眼泪，嘴也麻得失去了知觉，惹得众人哈哈大笑。

据说，仅这一家工厂，今年就加工花椒80多万公斤。现在价格也卖到了一斤130元左右。其公司加农户的合作社生产模式，带动了近千户种植花椒的农民增加了收入，平均每户人家仅花椒种植一项的年收入已有三万到五万元，由花椒产业带动的就业增收家庭达到了四五千家。看来这个羌历年花椒种植户们可以过一个富裕年了。所以别看一颗花椒虽小，但它在全县扶贫攻坚这道大菜里，起到的增味作用十分可观。据资料显示，现在茂县全年产花椒达2000吨左右，产值已经上亿元。

花椒说到底是一种调料，调料不能当饭吃。羌族人民的主要食物有玉米、小麦、青稞、胡豆、黄豆、豌豆、荞麦等；还有从川西平原运来的大米、面粉等。蔬菜有圆根萝卜、白菜、辣椒、莲花白等，和羌族人自己泡制的酸菜。肉类以羊肉汤、腊肉、风酱肉、风吹肉为主。

在茂县接连吃了好几顿饭，感觉羌族与汉族的饭菜差别不是很大，当然羌族还是有很多特有的菜品，其中最有名的大概要数风酱肉。风酱肉味道鲜美，口感嫩滑。地道的风酱肉是以本地土山猪为主料，配以特色酱料，通过腌制、刷酱、风干而制成。风酱肉制作工艺极为考究，一块顶级的风酱肉，需选十个月以上土猪的五花肉、后肘肉为原料，加入健康养生的井盐、秘制麦酱及数十种对人体有益的香料，经过一二十道古法手工制作工序，历时一个多月，方可完成。每块肉都吸收了当地山水的灵气，味道鲜美，入口唇齿留香，让人久久难以忘怀，实为御宴珍馐，豚之上品。

由于历史原因和地理条件限制，羌族饭菜的主食比较简单，有"麦拉子"，就是将蔬菜加入玉米粥内熬制而成；还有"面蒸蒸"，一种用玉米面或麦面做的馍馍或玉米蒸蒸；还有一种主食是将大米煮到半生再拌入玉米面蒸熟，此饭名字高贵响亮，以玉米面为主叫"金裹银"，以大米为主叫"银裹金"；此外，有的羌民把青稞或小麦做成炒面用以放牧或外出时食用。

羌民平时很少吃新鲜猪肉，羌民家一般在冬至后杀猪，将猪肉切成长条挂在灶房房梁上，以烟熏干成"猪膘"，颜色熏黄为好。传统的观念是，这种"猪膘"存放得越久越好。杀猪后的新鲜瘦肉，洗净后灌进小肠做成香肠，一般在年节食用。民族地区酒是少不了的，无论男女老少，均喜饮用自家酿制的青稞、大麦咂酒，酿制时将青稞或大麦煮熟后伴上酒曲，放入坛内，用草或衣物覆盖7天后发酵而成。饮用时启坛注入开水，插上细竹管，轮流吸吮，一般喝一半再添水，直到味淡为止。

羌族人除了过羌历年，也要过汉族的春节。在饮食上，到了除夕，菜至少要5种，多则16种，但总数不得为10，多为腊肉、卤肉和野味。年夜饭的规矩是各种食品都要有剩余不能吃完，以祈来年丰收。同时要给猫、狗留些好吃的食物，老一点的传统是大家要注意观察狗最先吃什么，这预示来年哪些东西最昂贵。

除夕夜半子时，一要给祖先泼水饭，二要去牛圈观察

▲ 丰盛的年夜饭　摄影/税清静

牛头方向，以此来准备大年初五的出行。初一早晨要吃酸
汤面，因为团年时吃了大量肉食，需要调剂一下。初一当
日不动刀，不背水，不兴拜年，也不串门。晚饭，家家
户户一律吃大米干饭，要备许多酒和肉。在初二到初四期
间，人们根据各家牛头指向商定"出行"的方向。

初五举行出行活动。这天，各家出一名男人为代表，带
上酒、肉、馍馍和三根香、一对蜡烛，去确定的平坝烧香、
点蜡、祭天、烤肉吃，如同野餐。不出行的人，以熊形或獐
形馍馍为靶，举行打靶比赛。射中预兆吉利，打靶比赛结束
后，大家一起饮酒、吃肉、吃馍。春节期间，全家人必到屋
顶给祖先献酒、肉、饭。直到过完正月十五元宵节才算过完
了大年，与汉族习俗类似。

在茂县期间，几乎餐餐都有一道小吃"洋芋糍粑"，

让大家念念不忘，成了作家诗人们对于茂县的美味记忆。民以食为天，羌族人民的聪明才智在这道美食中被体现得淋漓尽致，谁曾想在经过"千锤百炼"后，平淡无奇的土豆会幻化成如此嫩滑有弹性、唇齿留香的美味佳肴。高山土豆特有的香糯和酸菜汤的酸辣配合得天衣无缝，轻轻地将"洋芋糍粑"送入口中，那绝美的味道成了留在味蕾中的关于茂县的全部记忆，这份美好的记忆是任何一道山珍海味所不能替代的。

此外，在茂县的第二天晚上，诗人雷子领着大家去喝了非常特别的"猪蹄汤"。那晚县文联先组织大家在县电视台演播室参加了一台高规格的"羌城之约——诗歌朗诵会"。完全令我没想到的是，在这"僻野之地"还有这么一个设施如此齐备的现代化演播大厅。后来活动结束我们下到一楼大厅时，才看到原来这整栋楼都是"5·12"地震后由山西省援建的，这不过是其援建项目之一罢了。更令人没有想到的是，诗歌朗诵会上出现了一个大概上小学四五年级的羌族小男孩，方头方脑的，一脸高原红，一上台就大大方方地给大家朗诵了三首古诗，大家为他不停地点赞！小男孩的出现让我看到了茂县文学的希望，同时，要再次感谢山西省无私的援建，才让这个孩子有了这么好的舞台，有了这次上台朗诵的机会，我想这会成为影响这个孩子一生的最重要的一个晚上。

我以为诗歌朗诵会结束后我们就可以回酒店休息了，没想到雷子、向瑞玲、周家琴等几个诗人把我叫到了一

边，说还
有 个 节
目，到了
茂县一定
要去品尝
一下"猪
蹄 汤"。
另 外，

▲ 李云飞的音乐世界　　摄影/税清静

《四川文学》杂志副主编杨献平也正在赶来的路上，说好
了一起会师的。我说："猪蹄汤美容，你们女同志去吧，
我怕喝多了长肉，就不去了。"她们哈哈大笑，说让我必
须去，那可不是一般的"猪蹄汤"哦。我拗不过大家，客
随主便，就跟着上了早已经等候在电视台演播室楼下的一
辆小红车。原来小红车的车主便是"猪蹄汤"店的老板，
人家看到下雨了，专程开车来接我们。我想，我们这几个
上不了台面的穷酸文人，也许只有在茂县这样热情好客的
地方才能享受到如此高规格的待遇吧。

　　小红车把我们拉到滨河路白鱼桥附近的一个丁字路口
便停了下来，这里全是商店门市，数级台阶之上，最大的
一个门洞已经挂上了透明塑料门帘，从门帘里飘出来的不
是"猪蹄汤"的味道，而是西洋打击乐器的声音。不是喝
"猪蹄汤"吗？难道这偏僻的小县城还有酒吧吗？但门口
的的确确悬挂着"音乐房子"四字店招，这可有点让我出乎
意料。

一进门，便看见正对大门靠墙的小舞台上，一堆西洋乐器中，一瘦两胖三个乐手正在陶醉地演奏着，架子鼓、电子琴、电贝斯正在倾情合奏，没想到民族地区茂县还有它的另一张脸。老板安排我们围坐在一个火塘边，他便走上舞台随手提起一把吉他，对着话筒说："我叫李云飞，是一名歌手，今天有幸请到各位省上和州上的大作家、大诗人到我们'音乐房子'，下面我为大家演唱一首《走过》，希望大家能够喜欢！这首歌是我谱的曲，词作者就在你们中间，她就是本土著名诗人——雷子！"大家尽情地鼓起掌来。

坐在火塘前一烤，整个人一下就温暖了。这时有服务员在火塘上支起了由三根钢管做成的架子，然后将一个沉甸甸的釜状容器挂在火塘三脚架上的铁链上，容器垂下正好坐在炭火上，不一会就开始冒烟了。

我问："煮的什么？"

周家琴笑着说："猪蹄汤。"

我自然不信，如果是猪蹄汤的话怎么没有肉味，飘出来的倒有一股酒香。服务员抱来一叠土碗分放于每个人面前，然后用勺子给每人舀了一大碗，白花花的真像猪蹄汤。我端起来闻了一下，肯定不是什么猪蹄汤。于是小抿了一口，味道不错，甜甜酸酸的，真香，不就是"煮啤酒"嘛。室内灯光比较暗，我打开手机电筒一照，发现啤酒里面加的料还真不少，有大枣、枸杞、生姜、醪糟，对了，还有冰糖等。哦，我终于明白了，这就是他们口中的"猪蹄汤"，我放心大胆地喝了起来。哎，怎么办嘛，茂县就是这样一座让你欲罢不能的小城。李云飞在台上忘情地唱着：

> 我从镜前走过，镜子忘了我的颜容
>
> 我从风中走过，风阅读了关于我的传说
>
> 我从山顶走过，山忘记了云的诉说
>
> 我从岁月之河走过，文字之水洗涤我的眼眸
>
> 我从阳光里走过，有五月的花香和七月的云朵
>
> 我从你的书里走过，古老的书签是不是我
>
> 我从你的奔波里走过，远驰而来的马蹄声嘚嘚
>
> 我从你的记忆走过，你潮湿的心开满复仇的火
>
> 快乐地走过
>
> 忘却地飞过
>
> 如水一般地游过
>
> 像火山一样的沉默

人间仙境松坪沟

到了茂县若不去叠溪松坪沟，就等于没有到过茂县。

瑞雪兆丰年。今年的"日美吉"羌历年，正好遇上一夜大雪，早上一起来，远处的山上已经是银装素裹了。去松坪沟当天，正是中国传统二十四节气的立冬。正当古羌

▲ 枫叶红了　　图片由茂县文联提供

城鸣炮开城门时，按照事先计划安排，我们开始了叠溪松坪沟之旅。

素有"小九寨"之称的叠溪松坪沟位于四川西北部松潘、黑水和茂县交界的茂县叠溪镇松坪沟乡境内。这里自古就是交通枢纽地，茶马古道便经过这里。我们的车正是沿着古之茶马古道今之国道213线一路前行，经过一个多小时的路程，途经叠溪镇后驶上了104乡道。正当一车人歌也唱得差不多了，笑话也要讲完了，都露出倦意时，突然车子一拐弯，右边窗外出现一大片高山湖泊，碧水湛蓝，山上白雪皑皑，山下彩林斑斓，一山二景，相映成趣，众人立即兴奋了起来，纷纷掏出手机，开始照相。只见司机平淡地说："请大家坐好，拴好完全带，注意安全，还没到景区呢！"

大家忙活了半天，原来这偌大的"叠溪上海子"并不在景区之内。再往前行驶了一会儿，汽车行驶到新修的数公里长的平坦公路上，公路从一大片裸露的岩石中穿过，右边山体分明有大规模垮塌痕迹。随行的《草地》主编蓝晓梅沉重地说："这里便是'6·24'地质灾害点。"是的，2017年6月24日5时45分，四川省阿坝州茂县叠溪镇新磨村新村组富贵山山体突发高位垮塌，全村数十人被掩埋在这片巨大的乱石塌方体之下。这个话题一出，全车人都沉默了，还能说什么呢？我们只能以静默对那些死难者表示哀悼。

作家白林认为，"6·24"特大泥石流爆发点，其实

▲ 美丽的松坪白腊海　　图片由茂县文联提供

跟1933年的叠溪大地震的震中是同一座山，只不过一处在这座山的A面，另外一处则在同座山的B面。或许1933年的那场地震所留下来的巨大隐患，就像一枚定时炸弹似的，事隔八十多年后终于"爆炸"了，只不过这个隐患潜伏的时间太漫长了。地震是把双刃剑，灾难造就了叠溪海子以及周边地区风景的雄浑之美，同时，也有很多人因此而罹难。尽管这个代价太大了，然而，它却击不垮英勇

▲ 长海冬雪　摄影/周利庚

长海
CHANG HAI

▲ 松坪间雪景　　摄影/周利庚

顽强的羌族人民。顽强的羌族人民就像那个"羌"字一样，仿佛有两只坚硬竖立的羊角，顶着成百上千吨垮塌的岩石。

左前方经历塌方破坏后的芳草海只剩下了一部分，但我们依然可以从眼前的景象中想象出塌方前芳草海的模样，那定是好一片水草丰美的湿地。芳草海里水好像并不深，芦苇等水生植物点缀其间，自然形成的弯曲海岸线为其增添了一份妩媚和妖娆。滩涂上是闲散的有如退休老人般的牛羊，小村红白相间的房子倒映在芳草海中，更多了一份宁静、一份惬意。

突然，清澈的水面钻出一只野鸭，扑棱棱地飞进了芦苇丛，只留下一串波光闪闪的涟漪，让水面原本静止的房屋倒影变得十分灵动。是的，灾难总会过去，车在向前开，人要往前看，前面还有大好的风景在等着我们呢。继续行程，沿途可见不少羌族风格的建筑错落有序地分布在山水之间。好些民居被改成了农家乐，可供游客留宿，商家纷纷打出各式的招牌招揽游客。一天包吃住，一个人的费用在100到120元左右，让当地人在家门口实现了就业增收。近处依然是七彩的林木掩映，红黄绿紫，与远处白雪覆盖下的山峦形成一山秋冬两季之势，真是天然丹青入画图。既观赏到了秋色又看到了冬景，众人拾趣，这一次行程可算作两次采风了。

总体来说，叠溪松坪沟是沿水而开发打造的一个长条形景区。客车只能开到下白腊海。从白腊海游客中心坐景区观光车，顶着呼啦啦的寒风，我们被拉到了最顶端的长海。因为下雪降温，当天山上的温度应该降到了零下几度，坐在那全开放式的观光车上，跑起来风直往衣服里面钻，真是感到透心的凉。好在大家心中一直燃烧着希望的火焰，才不至于被寒冷所阻吓。

观光车将我们一直送到最顶端的长海，从长海观光台

▲ 雪中的爱情海　　摄影/周利庚

望出去，辽阔的长海好像看不到尽头。对面云雾中的两山对峙，倒映在海面，无法看到白茫茫的羌山到底有多高，当然也无法预测长海到底有多深。不过我想，这羌山再高高不过人类的脚步，长海再深深不过我们的人心。

从长海往回走，沿途有栈道连接穿插在林间水边，因冰雪天道路湿滑，我们不敢穿越林海栈道，大家陆续沿观光车道徒步下行。身边到处是积雪雾凇，仿佛我又回到了曾经战斗过多年的新疆，那里的冬天除了白色还是白色，我曾在那漫天白雪中带着一群扛枪的人摸爬滚打，转眼十多年过去了，今天我却陪着一群握笔的人采风赏雪。我的战友们，你们还好吗？

不觉间，我们来到了被誉为"爱情海"的五彩池。要想有爱情就得先有情人，于是在去五彩池的半道上多出了一棵月老树和一座情人桥。月老树上挂满了鲜红的祈福红绸，在一片雪白中显得特别亮眼。不知道这月老树促成了多少美满姻缘，但那情人桥上一定行走过无数对恋人，因为它钢制的护栏已经被抚摸得光滑锃亮，似桥似亭又似廊的情人桥上挂满了五彩的经幡，正好照应着山谷中的五彩池。

九寨沟有五彩池，松坪沟被誉为"小九寨"，自然也得有五彩池。从情人桥往下看，五彩池真是色彩斑斓，既似琉璃，更像翡翠，应该是松坪沟所有水域中色泽最美的一泓，宝石中的宝石，明珠中的明珠。

五彩池面积并不大，四周有一些乱石，池水清澈见底，水底一块块乱石清楚可见。这五彩池静静地躲在大山的怀抱中，安静而柔美多情，犹如一位待字闺中的妙龄少女。我禁不住对同行的诗人曾小平说："这五彩池的名字还不够完全展现这池水的魅力，至少应该叫作'翡翠池'才能彰显她的美丽与高贵。"

再看五彩池边生长的草木，竟然多是两两相依，成双成对。据说，如果伤害了其中的一株，另一株也会慢慢枯萎。这便是她另一个名字"爱情海"的由来。来到它身边的人，面对这一汪透明而纯洁的池水，只要诚心祈祷，就会得到美好的姻缘。

从充满爱情魔力的五彩池上来，有作家诗人摇动路边压满积雪的小树，为同伴们制造了一场"人工降雪"。在欢呼声中，众人漫步在雪花飞舞的世界……

▲ 浅流低吟　　图片由茂县文联提供

　　再往回走，一路上溪流淙淙，林密雾深处，似有猿啼鸟鸣，数只苍鹰盘旋，试与羌山比高。脚下积雪有声，浅水处苔藓、水草随波起舞，变幻出万千色彩。避开林木，登高下望，不知何故，墨海似墨般黑，一条深溪流下，一脉相承的白石海又泛着醉人的深蓝。

　　再往下，碧水静幽的上、下白腊海，雪山倒映其中，水边彩林没有多少积雪，露出了一地深秋的红黄绿，此时此刻，再生动的语言，都不及前人的四个字："层林尽染"。狭窄的山谷之间，时而峰峦回映，时而水天一色，让人分不清哪里是山，哪里是天，哪里是水，就像置身于童话世界一般。面对如此美景，除了不停地按动快门，你还能干什么呢？

　　来自阿坝州黑水县的藏族作家苏朗多吉是一位摄影发烧友，没想到我与他是同一个摄友微信群的"微友"。我们一同从五彩池沿路步行到墨海，再走回下白腊海。一路上，我们从摄影聊到文学，再聊到民族地区文学事业的繁荣与发展。我们聊得相当投机，我恨不得将我脑子中的想法全部灌进他的脑子。我以我在乐山市金口河区下派挂职为例，证明了"授人以鱼不如授人以渔"的思想。外来的和尚再会念经，但他毕竟是外来的，他念完经是会走的，最好的办法就是多培养一些自己的和尚来念经，哪怕一开始念得可能不是很好，但天长日久，最终会念得很好的。我说，我2014年到金口河区去时，他们连文联、作协都没有成立，市一级文联、作协会员一个都没有。于是，我开始抓班子、带队伍，帮他们成立起了区作协，培养了一批骨干作家。以前，金口河建区几十年无一人的文学作品能在国家级刊物发表，如今才三四年功夫，每年就有人在国家级刊物发表数篇宣传金口河、宣传彝族文化的文章。苏朗多吉认真地听着我的"鸿篇大论"，我想或许在他的心中，已经对黑水县未来的文学事业发展有了新的思考了吧。

大禹和九鼎山

到了"羌都"茂县，只要时间安排得过来，无论如何都应该去爬一下九鼎山。

前些年，我在德阳的什邡市常听当地人说起，在"5·12"地震重灾区的什邡红白镇，有一个九顶山，风景优美，甚是宜人。问九顶山为何得名？德阳人回答，因为九座顶峰相连而得名九顶山。九顶山最高峰名叫狮子王峰，海拔近五千米，常年白雪皑皑。山上草地、雪山、原始森林与佛光、幻影、云海等自然景观、地史景观、天象景观融为一体，着实令人神往。遗憾的是，一直没有机会去登德阳的九顶山。

茂县居然也有个九鼎山。九鼎山位于岷山山系龙门山脉中部，距成都市百余公里，地处茂县境内的石鼓乡、南新镇之间，与德阳市境内的什邡市红白镇和绵竹清平乡接壤。

如此看来，德阳的九顶山和阿坝茂县的九鼎山其实是同一山，只是分别处于山的不同面，应该是由它们所属的

▲ 九鼎山冬韵　　图片由茂县文联提供

政府各自开发了自己管辖的一面。同是一座山，山名音同字不同，一字之差而已。德阳人民纯洁朴实，根据山的形状——有一、二、三、四……九个山顶，所以将山唤作"九顶山"。而阿坝的九鼎山当然也得名于九个山顶，但是阿坝人民却用"鼎"字，而不叫"九顶山"。从这一字之差里面，我们看出了阿坝人民丰富的想象力。

阿坝人民说那九个山顶并不是山峰，不是山峰那是什么呢？是"鼎"。

什么？你没看错，我也没听错，是"鼎"！

什么鼎？鼎在山顶？

自大禹五斧劈山，统一天下，划分九州，立九鼎后，这片大地便被称为"九州"。大禹铸九鼎以象征九州，

▲ 大禹像　　图片由茂县文联提供

其上镂山精水怪之形，使人以知神奸（参阅《左传·宣公三年》）。晋左思《吴都赋》："名载於山经，形镂於夏鼎。"宋欧阳修《读〈山海经图〉诗》："夏鼎象九州，山经有遗载。"这些古籍均有记载，说明大禹的确铸造了九鼎。

那么大禹铸九鼎跟这九鼎山又有什么关系呢？我们智慧的阿坝人民说，还不明白吗？大禹铸的九鼎，就是现在九鼎山的那九个"山峰"。听听，阿坝人民把传说与现实一相结合，这九个山头立即就"高大上"了。

茂县的羌族人民为什么这么厉害呢？他们有文化自信啊！这自信就来自传说中羌族人的祖先大禹。因此，我们在此细细回顾一下大禹的丰功伟绩吧。

大禹，姒姓，夏后氏，名文命，字（高）密，号禹，后世尊称大禹，就是伟大的禹的意思。

大禹，作为夏后氏的首领，父亲名鲧，母亲为有莘氏女脩己。相传大禹治黄河水患有功，受舜禅让继帝位。约公元前2070年，大禹之子启继位称王，是夏朝的第一位天子。大禹利用自己"号令天下"的权威，扶植儿子启的势力，使启得以攻杀接替大禹位的东夷首领益，并征服其他不服从自己的部落。所以"家天子"，我国历史上第一个世袭制国家是大禹建立的，从此中国便进入了奴隶社会。从夏朝开始到公元前476年春秋时期结束，由于铁制农具和耕牛的大量使用，荒田的大量开垦，耕地面积的不断扩大，农业生产有了飞速的发展。经历春秋战国时期后，我国才由奴隶制转变为封建制。我国奴隶社会延续了1500余年，因此可见大禹对我国历史的影响，那不是一般的大。

大禹是我国传说时代与尧、舜齐名的贤圣帝王，他最卓著的功绩，就是历来被传颂的治理滔天洪水。

尧帝时代，中原洪水为灾，百姓愁苦不堪。大禹的父亲鲧受命治理水患，用了九年时间，洪水未平。舜巡视天下，发现鲧用堵截的办法治水，一点成绩也没有，最后在羽山将其处死。接着命他的儿子大禹继任治水之事。

大禹接受任务以后，立即与益和后稷一起，召集百姓前来协助。他视察河道，并检讨其父治水失败的原因，决定改革治水方法，变堵截为疏导。大禹翻山越岭，蹚河过川，拿着工具从西向东一路测度地形的高低，树立标杆，规划水道。他带领治水的民工走遍各地，根据标杆，逢山开山、遇洼筑堤，以疏通水道，引洪水入海。

大禹为了治水，费尽脑筋，不怕劳苦，从来不敢休息。传说他与涂山氏女娇新婚不久，就离开妻子，再次踏上治水的道路。后来，他路过家门口，正好妻子生产，听到儿子呱呱坠地的声音，都咬着牙没有进家门。大禹第三次经过家门的时候，他的儿子启正被母亲抱在怀里，他已经懂得叫爸爸，并挥动小手和大禹打招呼了。但大禹只是

▲ 春到九鼎山　　图片由茂县文联提供

向妻儿挥了挥手，表示自己看到他们了，但他并没有停下来。所以，著名的大禹三过家门不入的故事，正是他劳心劳力治水的最好证明。

大禹还爱民如子，关心百姓的疾苦。有一次，大禹看见一个人穷得把自己的孩子卖了，他就将孩子赎了回来。见有的百姓没有吃的，他就让后稷把自家仅有的粮食分给百姓。大禹自己常常穿着破烂的衣服，吃粗劣的食物，住简陋的席篷，每天亲自手持耒锸，带头干最苦最脏的活。几年下来，他的腿上和胳膊上的汗毛都脱光了，手掌和脚掌结了厚厚的老茧，躯体干枯，脸庞黧黑。

经过13年的努力，大禹带领大家辟开了无数的山，疏浚了无数的河，修筑了无数的堤坝，终于治水成功，根治

▲ 九鼎山之夜　　图片由茂县文联提供

了水患，使河川都流向大海。看到刚退去洪水的土地非常潮湿，大禹又让益给民众发种子，教他们种水稻。

在治水的过程中，大禹走遍天下，对各地的地形、习俗、物产都了如指掌。后来大禹继位后就重新将天下划分为九个州，并规定了各州的贡物品种。大禹还规定：天子帝畿以外500里的地区叫甸服，再外500里叫侯服，再外500里叫绥服，再外500里叫要服，最外500里叫荒服。甸、侯、绥三服，进纳不同的物品或负担不同的劳务；要服，不纳物服役，只要求接受管教、遵守法制政令；荒服，则根据其习俗进行管理，不强制推行中朝政教。这应该算是最早的一国多制了吧。

由于大禹治水成功，舜帝在隆重的祭祀仪式上，将一块黑色的玉圭赐给大禹以表彰他的功绩，并向天地万民宣告天下大治。不久，舜又封大禹为伯，以夏（今重庆万县市）为其封国。大禹的威望达到顶点。万民称颂说："如果没有大禹，我们早就变成鱼和鳖了。"舜帝称赞大禹，说："禹啊禹！你是我的胳膊、大腿、耳朵和眼睛。我想为民造福，你辅佐我；我想观天象，知日月星辰、作文绣服饰，你谏明我；我想听六律五声八音来治乱，宣扬五德，你帮助我。你从来不当面阿谀背后诽谤我。你以自己的真诚、德行和榜样，使朝中清正无邪。你发扬了我的圣德，功劳太大了！"

舜帝在位三十三年时，正式将大禹推荐给上天，把天子位禅让给大禹。十七年以后，舜在南巡中逝世。三年治丧结束后，大禹避居阳城，将帝位让给舜的儿子商均。但天下的诸侯都离开商均去朝见大禹。在诸侯的拥戴下，大禹正式即天子位，以安邑（今山西夏县）为都城，国号夏。分封丹朱于唐，分封商均于虞。改定历日，以建寅之月为正月。又收取天下的铜，铸成了九鼎，作为天下共主最高权力的象征。

当了天子的大禹更加勤奋地为万民谋利，诚恳招揽士人，广泛听取民众的意见。有一次，他出门看见一个罪人，竟下车问候并哭了起来。随从说："罪人干了坏事，你何必可怜他！"大禹说："尧舜的时候，人们都和尧舜同心同德。现在我当天子，人心却各不相同，我怎能不痛心？"仪狄造了些酒，大禹喝了以后感到味道很醇美，就给仪狄下命令，要他停止造酒，说："后代一定会因为酒而亡国的。"

传说大禹南巡。过江时，一条黄龙游来拱起大船，船上的人很害怕。大禹仰天叹息道："我受命于天。活着靠上天的佐助，死了要回到天上去。你们何必为这一条龙担忧！"龙听到这一席话，摇摇尾巴，低下头就不见了。

夏建立后，大禹在阳城东南的涂山召开诸侯大会以检讨自己的过失，这次涂山之会被认为是中国夏王朝建立的标志性事件。

到了正式大会的日子，大禹穿着法服、手执玄圭，站在台上，四方诸侯按着他们国土的方向两面分列，齐向大禹稽首为礼，大禹在台上亦稽首答礼。

礼毕之后，大禹大声向诸侯说道："我德薄能鲜，不足以服众，召集大家开这个大会，为的是希望大家明白恳切地责备、规诫、劝喻，使我知过，使我改过，我胼手胝足，平治水土，虽略有微劳，但生平所最兢兢自戒的是个骄字。先帝亦常以此来告诫我说：'汝惟不矜，天下莫与汝争能；汝惟不伐，天下莫与汝争功。'如果我有骄傲矜伐之处，请大家当面告知，否则就是教我不仁啊！对大家

▲ 杜鹃花开　　图片由茂县文联提供

的教诲，我将洗耳恭听。"

大家都明白大禹受命于天，原本对大禹有意见的诸侯看到大禹这种态度，也都表示敬重佩服，消除了原先的疑虑，史书记载"禹会诸侯于涂山，执玉帛者万国"。

在涂山大会上，大禹论功行赏，对有功者封赏，对作恶者惩处，众人咸服。大禹又任命皋陶为相，封妻子女娇为后妃。大禹把儿子启留在涂山氏国培养，继续寻求妻族的支持。

大禹起自民间，具有浓厚的民本思想。他以富民为本，时时巡访各地，了解民情，查访贤能之士。传说，他把鼓、钟、铎、磬分别挂于厅前，发出告示："教我以道者击鼓，谕我以义者击钟，告我以事者振铎，对我述说困难者击磬，有告状者摇铎。"

▲ 九鼎山一瞥　　摄影/杨成龙

大禹东巡时，死在会稽，享年一百岁左右，前后共在位四十五年，庙号圣祖，谥号后禹。大禹去世后，其子启继夏朝天子位。大禹死后安葬于浙江绍兴市南的会稽山上，现存禹庙、禹陵、禹祠。从秦始皇开始历代帝王都有来禹陵祭禹。

既然大禹这么伟大，那大禹的后代子孙们有满满的文化自信就不难理解。除了九个"山峰"就是大禹铸的九只鼎这一传说外，这九鼎山的确风光独特。俗话说"四季旅游九鼎山"，在这里春天、夏天看花海，秋天看红叶彩林，冬天赏雪景。此外，九鼎山景区内还有动物活化石之称的国宝大熊猫和植物活化石之称的珙桐、银杏等，300多种动物和3000多种植物在这聚合。九鼎山可谓地史奇观的自然博物馆，不仅具有极强的旅游观光价值，而且还有极高的科学与审美价值。

我们去九鼎山的时候，正是一场大雪之后，满山银装素裹，犹如人间仙境。同行的阿坝州文联副主席王庆九先生是个有名的"摄友"，他的摄影作品曾在全国多次获奖。对于九鼎山每条沟每个岔，每座山峰每个海子，他都一清二楚。至于九鼎山一年四季，哪个季节看什么风景，他更有自己独到的研究。九鼎山的高山草甸、雪山、原始森林与佛光、日出日落、云海、星空等自然景观、天象景观，都曾是他镜头捕捉的目标。特别是九鼎山那数十万亩高山草甸花海，最令众旅客流连忘返。

九鼎山上泥土肥沃，终年多雨又不缺阳光，近似于

▲ 九鼎山滑雪场　　图片由茂县文联提供

高山湿地的地貌条件造就了不同于其他高原花海的绝色美景。每年从5月到10月，杜鹃花、报春花、鸢尾花、紫菀花、翠雀花、马先蒿、绿绒蒿、西藏杓兰……不同海拔高度上的数不清种类的野花依次开放，就像一座绚丽多彩的天国花园。

我们来的时节只能赏雪，九鼎山上因为一直下雪，大雾弥漫，能见度极低。王庆九给我们描绘的绚丽花海，只能在想象中完成。王庆九最后只得用上了比较法，他说："九鼎山从5月到10月山上都有野花，花海最美的时候一般是6、7、8月。俄木塘还有若尔盖那边的花海，你们见过吧？是不是美得很呢？而你们想不到的是九鼎山的花海比它们还要美得多！"

"不会吧？"

"不信你就夏天再来吧！"

旋即，有人开始在手机里搜索"九鼎山花海图片"，紧接着一个个便不由得发出惊叹，全车人像是被传染了一样。

一张张花海的照片在大家眼前展开。整片整片金黄的野花偶尔夹杂着一些紫色、粉色、白色、红色的花，密密麻麻地镶嵌在嫩绿的青草中。由近及远顺着圆滑的山坡曲面延伸开来，直到看不到尽头的云烟处。特别是雨后的野花，在雨水的滋润下越发娇艳欲滴。你看，嫩草青翠得那么纯粹，雨后的清新映入眼眸，带给眼睛视觉的享受。透过手机屏幕，你甚至能感受到青草的味道和野花的芬芳，是那么香甜沁人心扉。心灵被这唯美的清新涤荡得通透舒畅，这种"秀色"如果"可餐"的话我们想天天都吃。这就是阿坝茂县的九鼎山花海。

"你们看啊！"王庆九突然指着图片，又转身指指窗外说，"那张图片就是那个位置，现在大家只能看到一片积雪，其他什么都看不到。夏天那里可是一片花花绿绿的帐篷营地，名字叫作九鼎山格桑花帐篷营地。若要入住的话，还得在网上提前预订呢，这营地除了住宿，还能提供晚餐和早餐呢。"

"知道怎么收费吗？"

王庆九说："80元一人一顶单人帐篷，包含防潮垫、气垫、两个睡袋。晚餐火锅30元一人，早餐10元一人，向导一天200元。山上昼夜温差大，湿气大。为了安全，一般不建议大家住在山上。不过在山上露营也有其好处，如果天气好，夜里你可以和心爱的人儿一起，看月亮数星星，那是多浪漫的事啊。山高空气质量好，没有云层雾霾，光线穿透力强，很容易看到璀璨的星空和银河，想想都很美。关键是第二天一早，你还可以早早起来观日出、看云海、畅游高山草甸，遥望太子王峰，亲近海拔3800米的黑龙池。黑龙池水面大约有40余亩，水质清澈。但是不知何故，它竟跟松坪沟墨池一样，池水远看呈黑色，故名黑龙池。也许池里真的有龙，所以池水常常浓雾紧锁，仙气飘飘。阳光下黑龙池水面波光粼粼，又是另一番风景。黑龙池四周全是高山草甸和杜鹃林，我们当地人对山和水都非常敬畏，尤其是这种雪山海子，那就是神山神水。"

"有黑龙池，那还有白龙池吗？"外地来的朋友开玩笑问。

雷子接着话头说道："你还说对了，除了黑龙池，这里真有白龙池。就在距离黑龙池数公里之外，徒步时间估计3小时左右，就有一个海子叫白龙池。白龙池长约300米，宽近200米，周围植被茂盛，池水清凉，水中色彩纷呈、青绿相间。池中的进水口和出水口相隔数尺，冬消夏涨，'5·12'地震后水量略为减少。放眼望去一片碧水呈现眼前，蓝天白云常常倒映在水中，阳光照射下，微风一吹池水白光粼粼，所以叫白龙池。白龙池的四周全是草甸、草坡和茂盛的植被，色彩缤纷，你可以躺在花海中享

▲ 九鼎山滑雪场一角　　图片由茂县文联提供

雪山蓝天，浪漫而壮阔！"

　　我纳闷，阿坝人民为什么没有给黑龙池和白龙池赋予神话传说呢？比如，说有黑白二龙，相约在九鼎山修行，于是他们修行的海子便因此而得名，黑龙修行的海子叫黑龙池，白龙修行的海子叫白龙池。又比如，说以前有一对神仙眷侣，因触犯天条，被玉帝罚下天庭，夺去神仙牌位，由神降级为龙，并被封禁在九鼎山黑白二池中，永远相望不得相见。

　　我的这两条假想，好像都与中原文化传说有关联。要不再另外假想一下？又比如，说大禹治水时，曾降服了制造水患的黑白二龙，才治好了天下之水。而黑白二龙也受大禹感化，愿戴罪立功，重新做龙，福佑天下苍生黎民。大禹毕竟是有大爱有大胸怀之人，见二龙真心悔过，便留下了它们的性命，并将它们带在身边时常教化提点。后来分天下为九州，铸九鼎时，大禹便命黑白二龙为九鼎之护法。九鼎不是已经化作九鼎山的九座"山峰"了吗？黑白二龙自然应该在九鼎山护法。因此黑白二龙的居所就分别

▲ 九鼎山滑雪场雪道　　图片由茂县文联提供

叫作黑龙池和白龙池了。

说话间，车子已经艰难地走出去好远。雷子指着右前方一缓坡说："大家看，那里叫'青龙坪'，那是春夏秋三季，很多驴友徒步的起点，用足迹丈量大自然的人越来越多了。现在是冬天，很少人从那里徒步了。"

"对的，越是人迹罕至的地方，风景才越好。"曾小平接着说，"春夏季节从粒粒爬一路徒步上去，到处都是野花。恼火就恼火在，从粒粒爬上去就只有一条陡坡，根本没有平地，路上想坐下来休息都不行。而且山上的气候说变就变。山下还是蓝天白云大太阳，爬到半山腰时，可能就是云雾弥漫，说不定一会又开始下起雨来了。下雨后的山坡泥泞湿滑，更难前行。不过那一路要穿过草原、杜鹃花林，可以远观太子王峰，近观杜鹃花海。若是能赶上满山盛开的杜鹃花，徒步穿行在蓝天白云下杜鹃花海中，红的、紫的、粉的、白的野花绽放枝头，花香扑鼻，沿山壁向上来到一片开阔的草场，油绿绿的草地上，黄的、紫的各色野花镶嵌其中，那就算摔几跤也值得了。"这就是诗人的思维。

雷子说："粒粒爬的海拔高度为3000米左右，驴友徒步从粒粒爬往上爬到山上海拔3500米左右的鸡爪棚宿营地，看似才500米高度，一般人大概都要走差不多5个小时。当然，如果体力不支、爬山不行的人，也可以租一匹马骑着上山，费用大概200多元吧。鸡爪棚宿营地也在一大片花海中间，遗憾的是我们这次是感受不到了，只有请

▲ 九鼎山滑雪场一角　　图片由茂县文联提供

大家明年早点来茂县了。"

　　在九鼎山看花，肯定得等到来年春天了，但是赏雪却是当下的事。这回不只是赏雪，还得玩雪，不然大冬天跑上山来干什么？我们此行的真正目的地可以告诉大家了，就是九鼎山太子岭滑雪场。

　　九鼎山离成都市大约170公里，作为离成都最近的一个玩雪胜地，九鼎山太子岭滑雪场，开发得还算成功，道路交通设施尚可，周边及外围服务保障也还行。通过景区开发，带动了附近百姓就业和增收，实现了"家门口就业"。从滑雪场工作人员到管理人员，很多都是茂县本地人，包括保洁员、安保员、服务员、司机和滑雪教练等，一个景区解决了数百人的就业问题。此外，从山脚起沿路周边的百姓建起了好些农家乐、小饭馆等，为过往游客提供食宿等各种保障，这无疑是另一种致富之路。

羌族不愧是"云朵上的民族"。你看，不管山有多高，都有羌族人居住。这让我想起那句有名的广告语来："山高人为峰"。其实，这出自国画大师张大千先生赠友人的一副对联，原文是"山至高处人为峰，海到尽头天是岸"，这意境是多么高广开阔。

"山高人为峰"说明了一个人只要肯攀登，就能达到"登泰山而小天下"的境界。在这里，我要说的就是，我们不屈不挠的羌族人民的伟大之处就在于：千百年来他们就是通过征服一座座高山，才得以延续至今并长盛不衰的。他们能在光秃秃的石头山上种出花椒、玉米、土豆等各种作物。如今，他们不但能在石头山上种出中国品种的作物、蔬菜和水果，而且可以在山上种出外国品种的药材、水果等经济作物。

我曾经在阿坝地区看到，一整匹山全部长满了仙人掌。后来才知道，那仙人掌并不是自己生长的，而是有人专门种植的，用作医用药用，据说种它收入还非常可观。前些年，听说有人引进了美国一种叫作"玛卡"的很昂贵的药材，并在3000米高的雪山上种植成功。

现在阿坝地区引进种植了很多美国甜樱桃，也就是我们中国人说的车厘子。"车厘"的发音，其实就是樱桃的

▲ 羌山路湾湾　　摄影/杨成龙

英文发音。中国人喜欢称水果为什么什么"子"，诸如桃子、李子、橘子等，于是便在车厘后面也加一个"子"字，车厘子就这么约定俗成了。按道理，樱桃产量低、皮薄，不易运输存放，在阿坝汶川、理县、茂县这些大山上，不适合大面积种植。但是，人家这美国来的樱桃它就喜欢我们阿坝的大山和阳光。你看那一树树车厘子，是又大又红又甜。加之现在交通越来越发达，这阿坝的车厘子没几年就形成了具有相当规模的产业。成都等地区的人都老远跑来采摘车厘子，游古羌寨、藏寨，感受藏羌文化。

而茂县九鼎山这边也一样，沿路勤劳的羌族人民也种植了大量的车厘子。可以想象，夏天你和家人、朋友开车来九鼎山时，车往羌族人家一停，小篮子一提，往樱桃树下一站，看着压弯了枝的大红车厘子，想吃哪颗摘哪颗。甚至你都不用动手，张开嘴就能咬到红红的车厘子。光是想想，口水都要流出来了。

当然，笑得合不拢嘴的，更应该是山上的那些老百姓。一棵车厘子树，一年若能够结上二三十斤车厘子，按二三十元一斤算，一棵树一年就能收入五六百元了。一个家庭若种植了几十上百棵车厘子树的话，仅此一项，理论上一年就能增收上万元了。所以，我发自内心地要向当时决定引进车厘子的政府领导们说声谢谢。这些羌族同胞们世世代代困守在这大山上，穷困了上千年。现在在党的精准扶贫政策的引导下和各级政府的努力下，山上路修好了，人们生活生产条件都得到很大改善。再充分发挥地方优势，把不利条件转化成有利条件，科学引进车厘子等经济作物种植，因地制宜培育农业产业；再依托九鼎山景区，大力开发旅游观光，促进生态文明发展与百姓就业创业增收相结合。不愁乡村不能振兴，不愁人民过不上好日子。

汽车缓慢地往太子岭滑雪场爬行着。一支别样的摩托车队伍在一宽敞地段，陆续超越了我们。之所以说他们特别，是因为他们并不是外来游客组成的骑行队，一个个骑手全是本地村民，是皮肤黝黑黝黑、

▲ 车厘子熟了　　摄影/税清静

大禹和九鼎山　🌸　113

身体结结实实的羌山汉子，五六个人还统一了服装，每人身穿一套迷彩服。这大雪天，他们这是去干什么呀？既不像上工地，更不像去种地，再说冰天雪地也没法种地呀。

众人猜了半天，都没猜出个所以然来。最后还是县文联副主席梁燕给大家解开了谜底。原来他们是村民自发组成的护猎队，这是去巡山。大雪过后，很多鸟兽会出来觅食，这个时候也是捕猎的最佳时期。以前，大山里的羌族人，很多都以捕猎为生，猎物的肉食可改善一家人生活，皮毛可换点钱来补贴家用。现在生活条件好了，国家也提倡绿色发展，生产生活方式改善后，很多羌族人都将以前赖以生存的猎枪上缴了，他们不但不打猎了，还主动加入野生动物保护的队伍之中。

但是，林子大了，什么样的鸟都有。还是有个别人，唯利是图，甚至伙同外面的人，来山里偷猎国家野生保护动物。于是当地人便自发组织了这支护猎队，跟他们做斗争。定期不定期，护猎队就会义务上山巡山护猎。因为他们是自发组织，没有执法权，一旦发现偷猎者，只能劝离，对那些不听劝阻的人，只能向森林公安和动物保护组织举报，并拆除破坏偷猎者们设下的夹子、套子和陷阱等，从而尽最大可能来解救和保护山上的动物。

他们的行为明显断了偷猎者的财路，偷猎者们常常软硬兼施，企图拉拢收买或者恐吓护猎队，但他们一直软硬不吃。在护猎队的协助下，公安部门曾经成功抓捕了三名重大盗猎者，将他们绳之以法，使他们不能再破坏九鼎山的生态文明了。

护猎队巡山，有时一次得一两天时间。所以，摩托车就成了他们移动的家。摩托上除了携带自己的给养，还得给山上的鸟兽准备点食物和简单的施救材料。遇上被困鸟兽，救生以后，还得喂养和实施救治。而且他们所做的这一切，都是义务的。这就是我们大禹的子孙，像九鼎山一样伟岸的羌族人。

羌族诗人曾小平，突然来了灵感，竟然自顾自吟起了诗：

我愿做九鼎山上
一朵摇曳在风雪中的野花
自顾自美丽
尽情地吸取天地的精华
沐浴着阳光雨露
仰看星空明月
聆听鸟语虫鸣
与蜂蝶嬉戏
任由日出日落斗转星移
在季节轮回中自由自在
无忧无虑地生长绽放
管他明日是风是雨是晴是雪
……

曾小平的情还没有抒完，突然有人喊了一声："滑雪场到了！"既然滑雪场到了，咱们要去玩雪了！

三天羌都茂县之行很快就结束了。然而，我却对松坪沟、对茂县、对岷江、对九鼎山依然心存歉意，我觉得自己来迟了。大好的河山，我怎么这么多年都对它不闻不问呢？要知道百年前，有两个英国人——威尔逊以及吉尔上尉就一路沿岷江徒步数百公里。而且威尔逊还在茂县境内发现了著名的百合之王"岷江百合"。但威尔逊也为此付出了惨痛的代价，他的一条腿不幸被从山上滚落的石头给砸断，因此，"岷江百合"又被他的同行刻薄地称之为"百合跛"。我们除了敬重他们外，他们的勇气和执着，我们都可以学过来，用于文学创作当中。

清风带来咂酒的香味，野草散发着羌历年的气息，我们在溪流海子间穿越成一幅幅画，海子在我们心中蜿蜒出一首首诗。这里人与自然和谐共生，这里是人间美景隐匿最深的绝境，我们在大山连绵起伏的人间仙境中陶醉，真不想将这美景辜负，但时不我待，县城丰盛的羌历年夜饭正等着我们呢，我们只得和羌山海子依依不舍地说再见了。

由于天气的原因，此行我们没能一睹云雾中雄伟的富贵山和狮子山，也没有进入原始森林，无缘见如野马般在山间狂奔的白蜡飞瀑和飞珠溅玉的珍珠瀑等美景。也许这正是叠溪松坪沟和九鼎山的灵性所致故意留了一手吧。遗憾也是一种美，试想，一次让你把所有美景看完了的话，你还会来第二次吗？

▲ 浩大的开城仪式　图片由茂县文联提供

▲ 杆杆油喝起来　图片由茂县文联提供

▲ 夕照松坪沟　　图片由茂县文联提供

　　三天的"羌城之约"让我在羌都茂县过了一个幸福愉悦的羌历年。新年好，茂县，我还会回来的。纳吉纳鲁！

▲ 九鼎山之冬　　摄影/周利庚

▲ 松沟坪之冬　　摄影/周利庚

大禹和九鼎山　🌸　119

后　记

　　怕耽误读者过多时间，本来没打算写后记，但觉得还
有几句话不说不行。

　　对于中国传统文化，尤其是少数民族文化，历来我都
是怀着一颗敬畏之心，轻易不敢触碰。2018年底参加"羌
城之约"采风，给了我在以往无数次走马观花后的一次零
距离深入了解古老而伟大的羌文化的机会。于是斗胆写了
五千字，发给《中国作家》杂志编辑张冰，张冰老师说，
五千字难以说透讲完一个古老的民族数千年的历史文化，
她建议我多写一点。我认真吸纳了她的建议。我知道，就
算我用五百万字，也讲不透、讲不完羌族数千年的历史文
化，那我就用五万字，来一次抛砖引玉吧，只要能让更多
人来关注这个民族，那我就心满意足了。

　　《中国作家》杂志2019年第8期选用了我的稿子，我
第一时间将消息告知了茂县的羌族朋友，在与他们一起高
兴的同时，我突然发现，其实我的任务还没有完成，宣传
茂县羌族岂是三五万个文字就够了的？为什么不将此文配
上图片出成单行本：打破纯文学界线，打破纯旅游宣传形
式，给旅游宣传注入文化基因，让纯文学融合进市场？基
于这一设想，我的第一块试验田有了，我设想着将这篇

文章做成一本"文化+旅游"图文并茂的文旅结合产品：《走，到阿坝羌都去耍》。

我的这一设想一出炉，即得到了很多文朋诗友的赞同、支持和鼓励，比如阿坝州人大常委会主任羌族著名作家谷运龙，在百忙之中很快为该书写来了文采斐然的序言《好耍的羌都——茂县》。四川省经信委的李桅先生，因曾下派茂县帮助工作，长期心系这片热土，得知我有出书打算时，也多方联系宣传玉成。四川民族影像摄影家协会杨成龙主席，为了给该书配图，专门从成都自费搭公交到茂县，补拍九鼎山、古羌城等图片。阿坝州文联副主席王庆九，是他邀请我去茂县讲课采风的，我说准备出版单行本时，他又积极提供图片支持，还有阿坝州机关事务管理局副局长周利庚和何清海等热情为该书提供了大量图片。茂县县委、人大、政府、政协和宣传部、文体旅游局、县文联、县作协等单位领导也高度关心这部作品的出版。尤其是羌族作家诗人梦非、雷子、白羊子、羊子、曾小平等及相关单位部门和企业，都给予了大力支持。

为进一步宣传茂县和羌族历史文化，2020年初，我在郭文花同志的支持协助下进一步修订定稿，并由茂县文学艺术界联合会与茂县民族宗教事务局，作为该书联合出品单位，以期打造一本具有茂县特色的文学精品图书。

借此机会，我还要感谢在我的创作道路上，长期关心支持我的领导、老师、同事、战友们、朋友们，以及我的家人们，没有你们长期的默默的帮助和付出，我将一事无成。

今天是"八一"建军节，作为一名老兵，我为自己又攻下一关而欣慰。

　　是为后记。

税清静

2019 年 8 月 1 日